Christoph Helbig

Vom selben Autor erschienen außerdem
als Heyne-Taschenbücher:

Die Lanzenschlange · Band 1693
Sie werden demnächst sterben · Band 1710
Die Liga der furchtsamen Männer · Band 1729
Zu viele Frauen · Band 1738
Nur über meine Leiche · Band 1755
Aufruhr im Studio · Band 1786
Mord im Waldorf-Astoria · Band 1806
Gambit · Band 1852
Die Gummibande · Band 1865

REX STOUT

DIE ROTE SCHATULLE

Kriminalroman

WILHELM HEYNE VERLAG
MÜNCHEN

HEYNE-BUCH Nr. 1833
im Wilhelm Heyne Verlag, München

Titel der amerikanischen Originalausgabe
THE RED BOX
Deutsche Übersetzung von Heinz F. Kliem

3. Auflage

Neuauflage des Heyne-Buches 1331

Genehmigte Taschenbuchausgabe
Printed in Germany 1979
Umschlagkonzeption: Robert Bernhardt, Augsburg
Umschlaggestaltung: Atelier Heinrichs, München
Gesamtherstellung: Ebner Ulm

ISBN 3-453-10425-0

1

»Ich wiederhole, Mr. Frost, daß es vollkommen zwecklos ist«, sagte Nero Wolfe. »In beruflicher Eigenschaft habe ich mein Haus noch nie verlassen, und dazu wird mich auch kein Mensch jemals überreden können. Das habe ich Ihnen bereits vor fünf Tagen erklärt. Guten Tag, Sir.«

Llewellyn Frost blinzelte; er traf jedoch keine Anstalten, diese offensichtliche Verabschiedung ernst zu nehmen – im Gegenteil, er lehnte sich gemütlich auf seinem Stuhl zurück.

Dann erwiderte er: »Ich weiß, Mr. Wolfe. Am vergangenen Mittwoch habe ich nachgegeben, weil ich mit einer anderen Möglichkeit rechnete. Das hat sich inzwischen zerschlagen, und ich muß auf Ihrem Besuch bestehen. Sie können ruhig einmal Ihr exzentrisches Gehabe als Genie vergessen, denn die Ausnahme bestätigt noch immer die Regel. Außerdem sind es doch nur wenige Häuserblocks, und ein Taxi wird uns innerhalb von acht Minuten ans Ziel bringen.«

»Tatsächlich!« Wolfe kochte förmlich vor Wut. »Wie alt sind Sie eigentlich, Mr. Frost?«

»Ich? Neunundzwanzig.«

»Dann kann man Ihre anzüglichen Redensarten kaum noch mit Ihrer Jugend entschuldigen. Sie reden da von meinem exzentrischen Gehabe als Genie – und Sie muten mir außerdem zu, mich in den Verkehr der Großstadt zu werfen – und dazu noch in einem Taxi! Sir – ich kann Ihnen nur sagen, daß ich nicht einmal ein Taxi besteigen würde, um sämtliche Rätsel der Sphinx zu lösen!«

Ich saß hinter meinem Schreibtisch und spielte mit dem Bleistift.

Der junge Mr. Frost sah ihn ruhig an.

»Ein Mädchen ist ermordet worden«, sagte er, »und wahrscheinlich schwebt eine ganze Reihe von weiteren jungen Damen in Gefahr. In solchen Dingen sind Sie doch ein anerkannter Spezialist, nicht wahr? Trotzdem reden Sie von den Gefahren einer Taxifahrt im Verkehr der Großstadt. Ihr persönlicher Komfort und Ihre Marotte sind Ihnen also wichtiger als Menschen, die in Gefahr schweben.«

»Vollkommen zwecklos, Mr. Frost«, erwiderte Wolfe. »Erwarten Sie im Ernst von mir, daß ich mein Verhalten entschuldige? Wenn ein Mädchen ermordet worden ist, dann ist schließlich die Polizei dafür da. Und wenn noch andere Mädchen in Gefahr schweben? Nun, sie haben in jedem Fall mein Mitgefühl – aber sie haben keinen Anspruch auf meine beruflichen Fähigkeiten. Ich werde unter gar keinen Umständen ein Taxi besteigen. Sehen Sie sich nur einmal meine massige Gestalt an: mein Nervensystem verträgt keinen plötzlichen Stoß oder Schlag. Ich benutze diesen Raum zwar als Büro – aber letzten Endes ist dieses Haus mein Heim. Guten Tag, Sir.«

Der junge Mann errötete, aber er traf noch immer keine Anstalten, den Raum zu verlassen.

»Sie wollen also nicht kommen?« fragte er.

»Nein.«

»Ein paar Häuserblocks, acht Minuten, in Ihrem eigenen Wagen.«

»Verwünscht – ich habe nein gesagt!«

Frost griff in die Brusttasche, holte ein Schreiben heraus und sagte zu Wolfe: »Es hat mich zwei Tage gekostet, die Unterschriften zu sammeln. Jetzt hören Sie mich einmal einen Augenblick an. Molly Lauck wurde vor einer Woche ermordet. Zwei Tage später, am Mittwoch, zeigte es sich bereits, daß die Polizei mit ihren Ermittlungen vollkommen im dunkeln tappte – und da bin ich zu Ihnen gekommen. Ich weiß, daß Sie der einzige sind, der diesen Fall lösen kann. Ich habe versucht, McNair und die anderen Beteiligten zu Ihnen zu bringen – aber es ist einfach nichts zu machen. Ich habe einem anderen Privatdetektiv ein Honorar von dreihundert Dollar gezahlt, und der Mann hat nicht den geringsten Erfolg gehabt – ja, er taugt genausowenig wie die Beamten der Mordkommission.« Er schob Wolfe das Schreiben zu. »Was sagen Sie dazu?«

Wolfe begann zu lesen, und ich sah, daß er noch wütender wurde. Wortlos schob er mir das Schreiben zu. Es war mit Maschine geschrieben und trug das Datum vom 28. März.

Mr. Nero Wolfe!
Auf Ersuchen von Llewellyn Frost bitten wir Sie nachdrücklich, die Ermittlungen im Mordfall Molly Lauck zu übernehmen, die am 23. März im Büro der Boyden McNair Company auf der Zweiundfünfzigsten Straße von New York vergiftet aufgefunden worden ist. Zu diesem Zweck ersuchen wir Sie, McNairs Büro aufzusuchen. Wir möchten Sie höflichst daran erinnern, daß Sie jährlich einmal Ihr Heim verlassen, um die große Ausstellung der Metropolen-Orchideen zu besuchen, und es dürfte unserer Meinung nach kein größeres Opfer für Sie bedeuten, Ihr Heim zu dem obengenannten Zweck zu verlassen.
Mit vorzüglicher Hochachtung
Winold Glueckner — *Raymond Plehn*
Cuyler Ditson — *Chas. E. Shanks*
T. M. O'Gorman — *Christopher Bamford*

Ich gab Wolfe das Schreiben zurück und grinste. Er faltete es, schob es unter seinen Briefbeschwerer, und Frost sagte: »Das schien mir die beste Möglichkeit zu sein, Sie zu überreden. Wollen Sie nun kommen?«

Wolfes Zeigefinger beschrieb einen kleinen Kreis auf der Armlehne seines Sessels.

»Warum, zum Teufel, haben die Leute dieses Zeug unterschrieben?« fragte er.

»Weil ich ihnen alles erklärt und sie darum gebeten habe. Diese Orchideenzüchter wissen genau, daß Sie außer an Geld und Ihrer Nahrung nur noch an Orchideen interessiert sind und daß Sie somit nur von den bekanntesten Orchideenzüchtern Amerikas dazu bewogen werden könnten, die Aufklärung dieses Falles zu übernehmen. Wollen Sie nun kommen?«

Wolfe seufzte; dann zeigte er mit dem Zeigefinger auf seinen Besucher. »Sie scheinen vor gar nichts zurückzuschrecken. Sie unterbrechen die ehrenwerten Züchter bei ihrer Arbeit und veranlassen sie, dieses idiotische Schreiben zu unterzeichnen. Warum?«

»Weil ich an der Lösung dieses Falles interessiert bin.«

»Und warum soll ich ihn lösen?«

»Weil es außer Ihnen niemand kann.«

»Danke sehr. Aber warum sind Sie so interessiert an diesem Fall, und was hat das ermordete Mädchen Ihnen bedeutet?«

»Nichts.« Frost zögerte einen Augenblick. »Ich habe sie nur flüchtig gekannt. Aber die Gefahr ... Verdammt, lassen Sie sich doch endlich einmal alles berichten ...«

»Bitte, Mr. Frost«, erwiderte Wolfe kurz. »Wenn das Mädchen Ihnen nichts bedeutet hat, weshalb wollen Sie mich dann mit den Ermittlungen beauftragen? Sie haben selbst gesagt, daß McNair und die anderen Beteiligten nicht zu mir kommen wollten, und somit wäre es doch zwecklos, daß ich zu ihnen gehe.«

»Nein, durchaus nicht. Ich werde Ihnen erklären ...«

»Also gut. Aber Sie müssen bedenken, daß ich ein sehr hohes Honorar verlange.«

Der junge Mann errötete wieder. »Ja, das ist mir bekannt.« Er lehnte sich in seinem Stuhl zurück. »Ich habe seit meiner Jugend eine ganze Menge von dem Geld meines Vaters durchgebracht. Ich habe mich seit Jahren als Produzent von Shows betätigt – aber erst jetzt ist mir der erste wirkliche Erfolg gelungen. Das Stück ›Kugeln zum Frühstück‹ ist vor zwei Wochen angelaufen und mindestens auf zehn Wochen ausverkauft. Wenn Sie nur feststellen könnten, woher, zum Teufel, das Gift gekommen ist, und wenn Sie eine Möglichkeit finden könnten ...«

Als er abbrach, fragte Wolfe prompt: »Ja, Sir? Eine Möglichkeit ...«

»Eine Möglichkeit, meine Base, die Tochter des Bruders meines Vaters, aus dieser Mordhöhle zu befreien.«

»Soso.« Nero Wolfe sah seinen Besucher forschend an. »Sind Sie eigentlich ein Menschenfreund?«

»Nein.« Frost errötete erneut. »Ich habe Ihnen bereits erklärt, daß ich im Show-Geschäft stecke. Ich bin bereit, Ihr Honorar in jedem Fall zu zahlen – aber ich möchte die Sache ein wenig aufteilen: die eine Hälfte ist für die Auffindung des Mörders und die andere für die Befreiung meiner Base Helen. Sie hat genauso einen Dickschädel wie Sie, und sie vertritt die Ansicht, daß sie der McNair Company die Treue halten müßte. Dann ist da noch dieser Dummkopf namens Gebert ... Aber es ist wohl besser, wenn ich Ihnen alles der Reihe nach erzähle ... He! Wohin wollen Sie denn gehen?«

Wolfe hatte seinen Sessel zurückgeschoben und seine massive Gestalt hochgerappelt. Jetzt kam er langsam um den Schreibtisch herum.

»Bleiben Sie ruhig sitzen, Mr. Frost. Es ist jetzt 4 Uhr, und ich verbringe die nächsten beiden Stunden oben bei meinen Pflanzen. Mr. Goodwin wird sich von Ihnen alle erforderlichen Informationen und Einzelheiten des Falles geben lassen. Nochmals guten Tag, Sir. Ich glaube, es ist jetzt das viertemal.«

Frost sprang von seinem Stuhl auf und stammelte: »Aber – Sie – Sie werden kommen ...«

Wolfe blieb an der Tür stehen und wandte sich langsam um. »Verwünscht noch mal – Sie wissen doch ganz genau, daß ich kommen werde. Archie, wir werden Mr. Frost morgen vormittag um zehn Minuten nach 11 Uhr im Büro der McNair Company aufsuchen.«

Ich schaute Llewellyn Frost an. Er hatte hellbraunes, gewelltes Haar, braune, intelligent wirkende Augen und ein kräftig geformtes Kinn, das auf Energie schließen ließ.

Den Tip mit den Orchideenzüchtern hatte ich ihm gegeben – aber das mußte natürlich ein Geheimnis zwischen uns bleiben. Nero Wolfe durfte es nie erfahren.

Ich nahm wieder den Bleistift zur Hand und machte mir nach Frosts Angaben entsprechende Notizen.

2

Am nächsten Morgen führte ich Nero Wolfe also in die tobenden Elemente hinaus, die in diesem Fall aus einem herrlichen, warmen Maisonnenschein bestanden. Was ihn im Grunde genommen dazu veranlaßte, an diesem Vormittag mit seinem überdimensionalen schwarzen Filzhut das Haus zu verlassen, war Winold Glueckners Unterschrift auf dem betreffenden Papier. Glueckner hatte vor wenigen Tagen durch seinen Agenten in Sarawak vier Exemplare der rosaroten *Coelogyne pandurata* erhalten – und das waren Orchideen, die Wolfe noch nie zuvor gesehen hatte. Glueckner hatte Wolfes Angebot von dreitausend Dollar für zwei der Exemplare brüsk abgelehnt. Ich kannte Glueckner, und ich zweifelte daran, ob er seine ablehnende Haltung in diesem Punkt aufgeben würde.

Ich fuhr langsam am Ufer des Hudson River entlang

zur Zweiundfünfzigsten Straße. Wir wurden von Mr. Frost erwartet. Mit dem Lift fuhren wir in das obere Stockwerk hinauf, und als wir durch eine weite Halle kamen, fiel mein Blick auf zwei Mädchen, die nebeneinander auf einer Couch saßen. Eine von ihnen war eine Blondine mit dunkelblauen Augen, während die andere mit ihrem schwarzen Haar und der rassigen Figur jederzeit an einer Schönheitskonkurrenz teilnehmen konnte.

Die Blondine nickte uns kurz zu, und die Brünette sagte: »Hallo, Lew!«

Llewellyn Frost nickte ihr ebenfalls zu.

»Hallo, Helen! Wir sehen uns später noch.«

Als wir den Weg fortsetzten, sagte ich zu Wolfe: »Haben Sie das gesehen? Sie sollten das Haus wirklich öfter verlassen. Was sind schon Ihre ganzen Orchideen gegen ein paar solche Blüten?«

Wolfe brummte nur vor sich hin.

Frost öffnete eine Tür und führte uns in einen großen Raum, dessen Boden mit dicken Teppichen bedeckt war und vor dessen Fenstern schwere Brokatvorhänge hingen.

»Mr. Nero Wolfe, Mr. Goodwin, Mr. McNair«, sagte Frost.

Der Mann hinter dem ausladenden Diplomatenschreibtisch erhob sich und streckte uns ohne besondere Begeisterung die Hand entgegen.

»Nehmen Sie bitte Platz. Noch einen Stuhl, Lew?«

Wolfe blickte grimmig vor sich hin, und ich wußte, daß ich jetzt sehr schnell handeln mußte, wenn ich nicht Gefahr laufen wollte, daß Wolfe umgehend wieder heimfuhr.

Mit ein paar Schritten war ich hinter dem Schreibtisch, umklammerte die Lehne von Mr. McNairs Sessel und sagte: »Mr. Wolfe hat eine besondere Vorliebe für geräumige Sessel, Sir, und die Stühle hier sind verdammt schmal. Sie haben doch nichts dagegen ...«

Bei diesen Worten hatte ich den Sessel bereits Nero Wolfe hingeschoben. McNair schob ich freundlich lächelnd einen der anderen Stühle zu.

»Lew, Sie wissen ja, daß ich sehr beschäftigt bin«, begann McNair. »Haben Sie den beiden Herren eröffnet, daß ich ihnen nur eine Unterredung von fünfzehn Minuten gewähren kann?«

Frost schaute Nero Wolfe kurz an, und dann richtete er den Blick wieder auf McNair. Seine Finger zuckten, und er erwiderte: »Ich glaube kaum, daß fünfzehn Minuten ausreichen . . .«

»Sie müssen aber ausreichen, denn ich bin überaus beschäftigt.« McNair hatte eine hohe, nasale Stimme, und er schien sich auf seinem Stuhl gar nicht recht wohl zu fühlen. »Welchen Zweck soll diese Unterredung überhaupt haben, und was kann ich dabei tun?« Er warf einen flüchtigen Blick auf seine Armbanduhr und schaute Wolfe an. »Ich habe Lew versprochen, Ihnen fünfzehn Minuten zu bewilligen, und ich stehe Ihnen somit bis genau um 11.20 Uhr zur Verfügung.«

Wolfe schüttelte mißmutig den Kopf.

»Nach Mr. Frosts Angaben zu schließen, wird es wohl wesentlich länger dauern. Ich würde sagen, etwa zwei Stunden, wenn nicht länger.«

»Das ist vollkommen unmöglich«, rief McNair gereizt. »Sie haben jetzt noch genau vierzehn Minuten.«

»Unglaublich!« Wolfe stemmte die Hände auf die Armlehnen des geborgten Sessels und drückte seine massige Gestalt langsam hoch. Dann sah er McNair an und sagte ruhig: »Ich hatte keine Veranlassung, zu Ihnen zu kommen, Sir – und ich habe es nur wegen eines idiotischen, wenn auch charmanten Unternehmens von Mr. Frost unternommen. Ich habe erfahren, daß Mr. Cramer von der Polizei sich wiederholt mit Ihnen unterhalten hat und daß er mit den bisherigen Ergebnissen der Ermittlungen in diesem Mordfall ganz und gar nicht zufrieden ist. Mr. Cramer hält große Stücke auf mein Urteil. Ich werde ihn also anrufen und veranlassen, daß er Sie und die anderen beteiligten Personen zu mir ins Büro bringt. In diesem Falle wird es viel länger als fünfzehn Minuten dauern.«

Als er sich der Tür zuwandte, sprang ich auf, und Frost eilte ebenfalls hinter ihm her.

»Warten Sie doch einen Augenblick; Sie verstehen das falsch«, rief Frost verzweifelt.

»Was soll denn dieser Unfug?« fragte McNair. »Sie wissen doch ganz genau, daß Mr. Cramer mich gegen meinen Willen weder zu Ihrem Büro noch zu einem anderen Ort bringen könnte. Natürlich war der Mord an Molly schrecklich, und ich bin gern bereit, Ihnen in jeder Form behilflich zu sein. Aber ich habe doch Mr. Cramer wiederholt alles gesagt, was ich über den Fall weiß. Bitte, setzen Sie sich wieder.« Er zog ein Taschentuch hervor, wischte sich den Schweiß von der Stirn und warf das Tuch auf den Schreibtisch. »Ich stehe unmittelbar vor einem Nervenzusammenbruch. In den vergangenen Wochen habe ich vierzehn Stunden pro Tag gearbeitet, und das wirft auch den stärksten Mann um. Dazu ist dann auch noch diese Sache gekommen. Ich habe Cramer bereits erklärt, daß niemand etwas über diese Sache weiß – und Lew Frost noch weniger als alle anderen.«

Wolfe setzte sich wieder, ohne den Blick von McNair zu wenden. Frost wollte etwas erwidern, aber ich gebot ihm zu schweigen.

McNair wischte sich wieder den Schweiß von der Stirn. Dann zog er verschiedene Schubladen seines Schreibtisches auf und sagte: »Wo, zum Teufel, ist denn nun wieder das Aspirin?«

Endlich fand er die Tabletten und spülte sie mit einem Schluck aus der Wasserkaraffe hinunter.

»Seit zwei Wochen werde ich von scheußlichen Kopfschmerzen geplagt«, sagte er zu Wolfe. »Ich glaube, ich habe schon eine ganze Tonne Aspirin eingenommen – und es hat gar nichts geholfen. Ich stehe vor einem Nervenzusammenbruch ...«

In diesem Augenblick wurde an die Tür geklopft, und dann kam eine hübsche schlanke Frau in einem schwarzen Kleid mit großen weißen Knöpfen herein. Sie schaute sich höflich um und sagte mit einer überaus kultivierten Stimme: »Entschuldigen Sie, bitte.« Sie richtete den Blick auf McNair. »Die Bestellung Nummer zwölfeinundvierzig, das Kaschmirkleid mit den Oxfordstreifen – kann dieser Auftrag auch in Shetland ausgeführt werden?«

McNair blickte sie ungeduldig an und sagte: »Nein, Mrs. Lamont, das Modell kann nicht geändert werden. Das wissen Sie doch.«

»Gewiß – aber Mrs. Frost wünscht es so.«

McNair richtete sich auf.

»Mrs. Frost? Ist sie hier?«

»Ja.«

»Ich möchte sie sprechen«, fuhr McNair fort. »Sagen Sie ihr bitte, daß sie einen Augenblick warten möchte.«

»Und die Bestellung Nummer zwölfeinundvierzig mit dem Shetland ...«

»Ja, natürlich; in dem Fall erhöht sich der Preis um fünfzig Dollar.«

Die Dame nickte, entschuldigte sich noch einmal und verließ den Raum.

McNair sah flüchtig auf seine Armbanduhr, streifte den jungen Frost mit einem Seitenblick und sah dann Nero Wolfe an.

»Sie haben noch zehn Minuten Zeit.«

»Ich brauche sie nicht. Sie sind nervös und vollkommen durcheinander, Mr. McNair.«

»Was? Sie brauchen die zehn Minuten nicht?«

»Nein. Wahrscheinlich führen Sie ein allzu aktives

Leben. Sie sausen hier herum und entwerfen allerlei Modelle für die Damen.« Wolfe schauderte. »Gräßlich! Ich habe Ihnen nur zwei Fragen zu stellen. Erstens: Haben Sie in bezug auf den Mordfall Molly Lauck noch etwas auszusagen, was Sie Mr. Cramer oder Mr. Frost gegenüber noch nicht erwähnt haben?«

»Nein.« McNair wischte sich wiederum den Schweiß vom Gesicht. »Nein, ganz und gar nichts.«

»Gut, dann will ich gleich zur zweiten Frage kommen: Können Sie mir einen Raum zur Verfügung stellen, in dem ich mich ganz zwanglos mit Ihren Angestellten unterhalten kann? Natürlich werde ich alles so kurz wie möglich machen. Ganz besonders möchte ich mich mit Miß Helen Frost, Miß Thelma Mitchell und Mrs. Lamont unterhalten. Mr. Perren Gebert dürfte wohl vermutlich nicht im Haus sein, wie?«

»Gebert?« knurrte McNair. »Warum, zum Teufel, sollte er denn hier sein?«

»Das weiß ich nicht. Soweit ich unterrichtet bin, war er an dem Tag, als der Mord geschah, hier, und ich glaube, da haben Sie eine Modenschau veranstaltet, nicht wahr?«

»Ja, das stimmt. Gebert und viele andere waren zugegen. Wenn Sie sich bei der Unterhaltung mit den Damen kurz fassen, dann stelle ich Ihnen mein Büro zur Verfügung.«

»Ich möchte lieber einen weniger eleganten Raum, falls Sie gestatten.«

»Wie Sie wollen.« McNair stand auf. »Bringen Sie die Herren in eines der Nebenzimmer, Lew.«

Frost führte uns in einen kleinen, schmalen Raum, dessen Wände mit langen Spiegeln bedeckt waren, und Wolfe blickte mißmutig auf die drei kleinen, zerbrechlich wirkenden Stühle. Ich ging in McNairs Büro zurück, lud mir den breiten Sessel auf die Schulter und brachte ihn in den schmalen Raum. Als ich zurückkam, führte Frost gerade die beiden Mädchen herein.

Frost begab sich auf die Suche nach einem weiteren Stuhl, und als er damit zurückkehrte, sagte ich zu ihm: »Holen Sie drei Flaschen kaltes helles Bier, ein Glas und einen Flaschenöffner!«

»Sind Sie etwa übergeschnappt?«

»War ich etwa übergeschnappt, als ich Sie auf den Gedanken brachte, ein gewisses Papier von den bekanntesten Orchideenzüchtern Amerikas unterschreiben zu lassen? Holen Sie sofort das Bier!«

Frost verschwand, und ich setzte mich mit strategischem Weitblick zwischen die beiden Damen.

»Sie sind Mannequins?« fragte Wolfe.

»Ja, ich heiße Thelma Mitchell«, antwortete die Blondine, und dann fügte sie mit einer anmutigen Handbewegung hinzu: »Und das ist Helen Frost.«

Wolfe wandte sich an die Brünette.

»Warum arbeiten Sie hier, Miß Frost? Eigentlich hätten Sie das doch gar nicht nötig, nicht wahr?«

»Mein Vetter hat mir erklärt, daß Sie wegen – wegen Molly Lauck mit uns sprechen wollten.«

»Soso.« Wolfe lehnte sich vorsichtig in dem Sessel zurück. »Sie müssen wissen, daß ich Detektiv bin und somit kann man mir alles Mögliche vorwerfen – nur keine Unverschämtheit. Meine Fragen mögen Ihnen oftmals unverständlich erscheinen, aber Sie dürfen versichert sein, daß sie stets aus einem triftigen Grund erfolgen. Im Augenblick hatte ich nur die Absicht, ein wenig mit Ihnen bekannt zu werden.«

Sie schaute ihn noch immer voll an.

»Ich tue das alles, um meinem Vetter Lew einen Gefallen zu erweisen – aber er hat mich nicht gebeten, mit jemandem näher bekannt zu werden.« Sie schluckte. »Er hat mich nur gebeten, alle Fragen über den vergangenen Montag zu beantworten.«

Wolfe beugte sich vor und knurrte: »Nur, um Ihrem Vetter einen Gefallen zu erweisen? War Molly Lauck denn nicht Ihre Freundin? Ist sie nicht ermordet worden? Haben Sie kein Interesse daran, an der Aufklärung des Falles mitzuarbeiten?«

Sie schluckte wieder, aber sie schaute Wolfe weiterhin unbeirrt an.

»Natürlich bin ich daran interessiert. Aber ich habe den Polizeibeamten bereits alles gesagt, und ich kann mir nicht recht vorstellen, was Sie . . .« Sie hielt inne, und dann fuhr sie trotzig fort: »Habe ich Ihnen nicht schon erklärt, daß ich bereit bin, Ihre Fragen zu beantworten? Ach, es war so schrecklich . . .«

Wolfe wandte sich unvermittelt an die Blondine. »Ich habe erfahren, daß Sie am vergangenen Montagnachmittag um 4.20 Uhr mit Miß Frost im Fahrstuhl vom oberen Stockwerk heruntergekommen und hier ausgestiegen sind. Stimmt das?«

Thelma Mitchell nickte.

»Und«, fuhr Wolfe fort, »Sie haben niemanden auf dem Korridor gesehen und sind in das Mr. McNairs Büro gegenüberliegende Zimmer gegangen, das den vier hier beschäftigten Mannequins als Garderobe dient. Molly Lauck war bereits in dem betreffenden Zimmer. Stimmt das?« Als das Mädchen wieder nickte, sagte Wolfe: »Berichten Sie mir, was dann geschehen ist.«

Die Blondine atmete tief ein.

»Nun, wir haben uns über die Modenschau, über die Zuschauer und dergleichen unterhalten. Nach etwa drei Minuten sagte Molly plötzlich, daß sie etwas vergessen hätte. Sie griff unter das auf dem Tisch liegende Kleid und zog eine Schachtel hervor, von der sie behauptete, sie gestohlen zu haben.«

»Wo waren Sie?«

»Ich habe hier gestanden, während Molly auf dem Tisch saß.«

»Und wo war Miß Frost?«

»Sie stand vor dem Spiegel, um sich das Haar zu richten – nicht wahr, Helen?«

Die Brünette nickte, und Wolfe fragte: »Was dann?«

»Molly gab mir die Schachtel. Ich öffnete sie und sagte ...«

»War die Schachtel schon zuvor geöffnet worden?«

»Das weiß ich nicht; jedenfalls war sie nicht verpackt. Ich öffnete sie also und sagte: ›Meine Güte – zwei Pfund Pralinen! Und es fehlt noch gar keine! Woher hast du sie, Molly?‹ Sie antwortete: ›Ich habe dir doch schon gesagt, daß ich sie gestohlen habe.‹ Dann bot sie uns ein Stück an, aber Helen lehnte ab.«

»Warum, Miß Frost?«

»Ich kann mich nicht mehr genau erinnern. Ich hatte gerade ein paar Cocktails getrunken und hatte keinen Appetit auf Pralinen.«

»Ja, so etwas Ähnliches sagte Helen«, bestätigte die Blondine.

»Molly nahm ein Stück, und ich nahm ein Stück ...«

»Wie war das?« Wolfe deutete mit dem Finger auf sie. »Sie hielten die Schachtel in der Hand?«

»Ja. Molly hatte sie mir doch gegeben.«

»Miß Frost hat die Schachtel überhaupt nicht in die Hand genommen?«

»Nein, sie wollte keine Pralinen, und sie hat die Schachtel überhaupt nicht angesehen.«

»Also Sie und Miß Lauck haben je ein Stück genommen ...«

»Ja. Ich nahm eine Praline und aß sie. Molly schob ihr Stück ebenfalls in den Mund, und dabei verzog sie das Gesicht und bemerkte, die Praline hätte einen außerordentlich scharfen Geschmack. Und dann – Sie werden sich kaum vorstellen können, wie schnell alles gegangen ist...«

»Nun, ich will es versuchen. Berichten Sie einmal.«

»Es hat bestimmt nicht länger als eine halbe Minute gedauert. Ich nahm ein anderes Stück aus der Schachtel und biß hinein, während Molly nach einem besonderen Stück suchte, um, wie sie sagte, den scharfen Geschmack aus dem Mund zu bekommen, und...«

Sie brach ab, denn in diesem Augenblick wurde die Tür geöffnet, und Llewellyn Frost kam mit einer Papiertüte herein. Ich stand auf, zog die Flaschen, das Glas und den Öffner aus der Tüte und baute alles vor Nero Wolfe auf.

»Sie erwähnten gerade, Miß Mitchell, daß Miß Lauck den scharfen Geschmack aus ihrem Mund bekommen wollte.«

»Ja – und dann richtete Molly sich plötzlich auf und stieß einen seltsamen Laut aus. Es war kein Schrei, sondern ein gräßliches Geräusch. Sie sprang vom Tisch und lehnte sich dagegen. Ihr Gesicht war ganz verzerrt. Ihre Augen waren wie verglast. Sie öffnete den Mund, aber sie brachte kein Wort hervor. Plötzlich verkrampfte sich ihr Körper, und sie griff nach mir. Dabei verkrallte sie ihre Hand in meinem Haar, und – und...«

»Ja, Miß Mitchell?«

Die Blondine schluckte schwer.

»Ja, und als sie dann zu Boden stürzte, riß sie mich mit sich. Ich versuchte mich natürlich zu befreien, und als dann später der Arzt und die anderen Leute hereinkamen, da hielt sie ein Büschel meiner Haare in der Hand.«

Wolfe sah sie an.

»Sie haben ausgezeichnete Nerven, Miß Mitchell.«

»Ich bin nicht so leicht zu erschrecken. Zu jenem Zeitpunkt habe ich nicht geweint – aber ich habe das dann ausgiebig nachgeholt, als ich heimkam. Helen stand zitternd an der Wand – aber das kann sie Ihnen ja selbst erzählen. Ich lief zum Liftschacht und rief um Hilfe. Dann eilte ich ins Zimmer zurück, verschloß die Pralinenschachtel und behielt sie in der Hand, bis Mr. McNair kam. Dann gab ich sie ihm. Ich sah, daß Molly tot war.«

Sie schluckte wieder. »Der Arzt meinte, es wäre Zyankali gewesen.«

»Als Hydrocyanic ist es von der Polizei bezeichnet worden«, sagte Lew Frost.

Wolfe wandte sich jetzt an ihn.

»Bitte – Mr. Frost. Meine Aufgabe ist es, das Honorar zu verdienen – und Ihre, es zu zahlen. Miß Mitchell, Ihnen haben die beiden Pralinen also gar nichts ausgemacht, während Miß Lauck nur eine einzige gegessen hat.«

»Ja. Ich behielt die Schachtel in der Hand und gab sie Mr. McNair.«

»Und dann?«

»Dann bin ich in den Waschraum gelaufen, um mich zu erbrechen. Ich hatte doch auch zwei Pralinen gegessen.«

»Soso. Nun, das war sehr tüchtig.« Wolfe schenkte sich bereits aus der zweiten Flasche ein Glas Bier ein. »Sie hatten die Schachtel nicht gesehen, bevor Miß Lauck sie unter dem Kleid hervorzog?«

»Nein.«

»Was hat Miß Lauck Ihrer Ansicht nach damit gemeint, als sie sagte, sie hätte sie gestohlen?«

»Wahrscheinlich hat sie sie irgendwo gesehen und einfach mitgehen lassen.«

Wolfe wandte sich an Helen.

»Was meinen Sie, Miß Frost, was Miß Lauck mit dieser Äußerung meinte?«

»Ich denke, sie hat die Schachtel tatsächlich irgendwo gestohlen.«

»War das ihre Gewohnheit? War sie eine notorische Diebin?«

»Nein, durchaus nicht. Vermutlich hat sie die Schachtel aus Spaß gestohlen, denn sie liebte derartige Späße.«

»Haben Sie die Schachtel vorher gesehen?«

»Nein.«

»Ich glaube, Sie sind an jenem Tag mit Miß Lauck zum Lunch gegangen. Berichten Sie doch einmal darüber.«

»Es war um 13 Uhr. Da wir nur zwanzig Minuten Zeit hatten, sind wir schnell in den Laden an der nächsten Straßenecke gegangen. Dort aßen wir ein paar Brötchen und kamen sogleich zurück.«

»Haben Sie gesehen, ob Miß Lauck die betreffende Pralinenschachtel im Laden gestohlen hat?«

»Nein. So etwas hätte sie nie getan.«

»Haben Sie selbst diese Schachtel aus dem Laden mitgebracht?«

Miß Mitchell erwiderte empört: »Um Himmels willen – nein!«

»Sie wissen also genau, daß Miß Lauck sich die Schachtel nicht beim Lunch verschafft hat?«

»Ja, das weiß ich genau, ich bin ja immer bei ihr gewesen.«

»Ist sie im Laufe des Nachmittags noch einmal ausgegangen?«

»Nein. Wir haben gemeinsam bis 15.30 Uhr gearbeitet, und in der Pause ist Molly hinaufgegangen. Kurze Zeit später habe ich sie dann mit Helen in dem bewußten Zimmer gefunden.«

»Dann hat sie eine Praline gegessen und ist gestorben, während Sie zwei gegessen haben, die Ihnen nichts gemacht haben.« Wolfe seufzte. »Da wäre natürlich noch die Möglichkeit, daß sie die Schachtel mitbrachte, als sie an jenem Morgen zum Dienst kam.«

»Darüber haben wir auch schon gesprochen, und ich

weiß genau, daß sie an jenem Morgen kein Päckchen bei sich hatte.«

»Das ist ja gerade das Verteufelte«, meinte Wolfe. »Sie sprechen jetzt nicht so, wie Sie es in der Erinnerung haben, sondern wie es anschließend diskutiert wurde. Ich hätte an jenem Montagnachmittag hier sein sollen – oder, besser gesagt, ich hätte überhaupt nicht herkommen sollen, auch heute nicht.«

Er blickte Llewellyn Frost an. Dann erinnerte er sich an die dritte Bierflasche und schenkte sich ein.

Er schaute von einem Mädchen zum anderen.

»Sie wissen natürlich, worin das Problem besteht: am vergangenen Montag waren über hundert Zuschauer – meistens Frauen – zu der Modenschau gekommen. Es war ein kalter Märztag, so daß alle mit Mänteln bekleidet waren. Wer hat die Pralinenschachtel mitgebracht? Wer hat das Gift hergebracht? Für wen war es bestimmt?«

Lew Frost meinte: »Das ist Ihre Aufgabe, Sie haben den Fall übernommen, und wenn Sie ihn nicht lösen können . . .«

»Unsinn!« Wolfe füllte sein Glas mit dem Rest aus der dritten Flasche. »Ich glaube, ich habe Ihnen noch gar nicht für das Bier gedankt, und das möchte ich jetzt nachholen. Ich kann Ihnen nur mit Sicherheit erklären, daß das vorliegende Problem meine Fähigkeiten in keiner Weise übersteigt. Nehmen wir zum Beispiel einmal Miß Mitchell. Spricht sie die Wahrheit? Hat sie Molly Lauck ermordet? Das wollen wir sogleich feststellen.« Er wandte sich an Helen und fragte scharf: »Essen Sie viele Pralinen, Miß Frost?«

»Das ist recht raffiniert von Ihnen«, erwiderte sie.

»Nun, da Sie so ausgezeichnete Nerven haben, dürfte Ihnen meine Frage wohl kaum etwas ausmachen. Ich wiederhole also: Essen Sie viele Pralinen?«

»Nun, ab und zu einmal. Ich bin doch Mannequin und habe auf meine Figur zu achten.«

»Welche Sorte bevorzugen Sie?«

»Kandierte Früchte und Nüsse.«

»Sie haben doch am vergangenen Montag die Schachtel geöffnet. Welche Farbe hatte sie?«

»Braun – eine Art Goldbraun.«

»Und welche Sorte war es?«

»*Medley*, irgend so eine Mischung.«

»Soll das heißen, daß Sie sich nicht genau an den Namen erinnern können?«

»Es ist merkwürdig. Man sollte meinen ...«

»Ja, das finde ich auch. Sie haben den Deckel geöffnet, und als Sie wußten, daß die Schachtel ein tödliches Gift enthielt, da haben Sie es fest in der Hand gehalten und waren nicht einmal so neugierig ...«

»Einen Augenblick! Sie dürfen nicht vergessen, daß Molly tot am Boden gelegen hat. Alle kamen in den Raum gestürzt, und ich hatte nur das Bestreben, Mr. McNair die Schachtel zu übergeben. Ja, aber es ist trotzdem merkwürdig, daß ich den Namen nicht gesehen habe.«

Wolfe wandte sich unvermittelt an Lew Frost. »Sehen Sie nun, wie das geht? Was sollen wir von Miß Mitchells Verhalten annehmen? Sollen wir ihr glauben, daß sie den Namen auf dem Deckel tatsächlich nicht gesehen hat? Wir wollen gleich ein weiteres Beispiel demonstrieren.« Er wandte sich an Helen und fragte: »Essen Sie gern Pralinen, Miß Frost?«

Sie schaute ihren Vetter an.

»Ist das wirklich notwendig, Lew?«

Frost errötete; er setzte zu einer Erwiderung an, aber Wolfe kam ihm zuvor: »Miß Mitchell hat sich nicht vor der Beantwortung meiner Frage gedrückt – allerdings hat sie ja auch ausgezeichnete Nerven.«

Helen sah ihn an.

»Meine Nerven sind vollkommen in Ordnung, aber ... Nun ja, ich esse gern Pralinen. Allerdings ziehe ich Karamellen vor, denn als Mannequin muß ich auf meine Figur achten.«

»Schokoladenkaramellen? Nußkaramellen?«

»Jede Art von Karamellen.«

»Wie oft essen Sie sie?«

»Etwa einmal in der Woche.«

»Kaufen Sie sie selbst?«

»Nein. Mein Vetter kennt meine Vorliebe und er schickt mir oft eine Schachtel Carlattis.«

»Am Montagnachmittag hatten Sie einen anstrengenden Dienst hinter sich – und noch dazu war die Lunchzeit recht knapp bemessen gewesen, nicht wahr?«

»Ja.«

»Und warum haben Sie keine Karamelle angenommen, als Miß Lauck Ihnen die Schachtel anbot?«

»Sie hat mir keine Karamelle angeboten. Es waren gar keine in der Schachtel ...« Sie brach ab, streifte ihren Vetter mit einem Seitenblick und fuhr fort: »Ich vermute wenigstens, daß keine ...«

»Sie vermuten es?« fragte Wolfe leise. »Miß Mitchell kann sich nicht an den Namen auf der Pralinenschachtel erinnern. Können Sie es?«

»Nein.«

»Miß Mitchell hat ausgesagt, daß Sie vor dem Spiegel standen, um Ihr Haar zu richten. Stimmt das?«

»Ja.«

»Miß Mitchell hat weiterhin ausgesagt, daß sie die Schachtel verschloß und sie später Mr. McNair übergab. Stimmt das?«

»Ich ... das habe ich nicht gesehen.«

»Nun, unter den gegebenen Umständen ist das begreiflich. Aber haben Sie die Schachtel später noch einmal gesehen?«

»Nein.«

»Noch eine letzte Frage, Miß Frost: Sie können mir nicht sagen, ob ein bekannter Markenname auf dem Deckel der Schachtel stand?«

Sie schüttelte den Kopf.

»Ich habe keine Ahnung.«

Wolfe lehnte sich seufzend und mit geschlossenen Augen in seinem Sessel zurück. Nach einer Weile öffnete er die Augen und blickte seinen Klienten an. »Da haben Sie es, Mr. Frost«, sagte er ruhig. »Selbst diese kurze Demonstration, von der man sich gar nichts erwarten durfte, hat einen Erfolg gebracht. Ihre Base hat nach ihren eigenen Aussagen den Inhalt der Schachtel nicht gesehen, und sie kann sich auch nicht an den Markennamen erinnern – und trotzdem behauptete sie, daß die Schachtel keine Karamellen enthielt. Daraus ergibt sich die Schlußfolgerung, daß ...«

Frost schnaubte: »Ich habe Sie nicht engagiert, um an diesen Mädchen Ihre dummen Tricks zu versuchen. Hören Sie zu. Ich weiß bereits mehr über diese ganze Angelegenheit, als Sie in hundert Jahren herausbringen könnten. Wenn Sie glauben, daß ich Sie bezahle, um ... He! Wohin gehen Sie denn?«

Wolfe war aufgestanden und hatte sich zum Gehen gewandt.

In diesem Augenblick wurde an die Tür geklopft, und die hübsche Dame mit dem schwarzen Kleid und den weißen Knöpfen trat ein.

»Entschuldigen Sie, bitte.« Sie schaute sich um und richtete den Blick auf mich. »Können Sie Miß Frost jetzt entbehren? Sie wird unten benötigt. Mr. McNair hat mir erklärt, daß Sie mich sprechen wollten.«

Wolfe verbeugte sich kurz vor der Dame.

»Danke sehr, Mrs. Lamont, aber das ist nicht mehr erforderlich, denn wir haben hier bereits den gewünschten

Erfolg erzielt. Archie, hast du das Bier bezahlt? Gib Mr. Frost einen Dollar, das dürfte wohl genügen.«

Ich zog meine Brieftasche und legte eine Dollarnote auf den Tisch.

Als ich Wolfe zum Lift folgte, sagte ich: »Die drei Flaschen können auf keinen Fall mehr als fünfundsiebzig Cent gekostet haben.«

Er sagte: »Den Rest setzen wir auf die Rechnung.«

Am Ausgang begegneten wir einem breitschultrigen Mann mit einer Narbe auf der Wange.

»Hallo, Purley!«

Er blieb stehen und schaute Wolfe groß an.

Ich ging grinsend weiter. Auf dem Heimweg versuchte ich vergeblich, eine Unterhaltung mit Wolfe anzufangen.

Ich spähte durch die Windschutzscheibe nach einem anständigen Schlagloch aus, um ihn richtig durchzurütteln.

3

Llewellyn Frosts erster Anruf kam um 13.30 Uhr, und Fritz Brenner, unser Koch und Faktotum, mußte ihm ausrichten, daß Mr. Wolfe zur Zeit zu Tisch saß und nicht gestört werden durfte.

Der zweite Anruf, der kurz nach 14 Uhr kam, wurde von mir entgegengenommen, und ich merkte, daß Frosts Stimme recht besorgt klang. Er fragte mich, ob Wolfe um 14.30 Uhr zu erreichen wäre, und ich bejahte diese Frage.

Wir saßen uns im Büro gegenüber, und Wolfe fragte: »Haben Sie eigentlich den großen Diamantring an Miß Frosts Finger gesehen, Archie?«

Ich nickte. »Soll das heißen, daß sie verlobt ist?«

»Das könnte ich nicht sagen. Aber ich finde, Diamanten zu tragen, paßt einfach nicht zu ihr. Dann ergibt sich noch die Frage, warum McNair sich so feindselig verhalten hat, und warum er Llewellyn Frost haßt. Diese Tatsachen haben möglicherweise nichts mit dem Mordfall Molly Lauck zu tun, aber sie müssen in jedem Fall beachtet werden. Aha! Da kommt ja unser Klient bereits!«

Fritz führte Llewellyn Frost herein. Er stürzte sogleich auf Wolfe zu: »Ich hätte Ihnen das alles am Telefon sagen können, Mr. Wolfe – aber ich ziehe es vor, solche Dinge von Mann zu Mann zu besprechen. Ich muß mich bei Ihnen entschuldigen, denn ich habe mich hinreißen lassen ...« Er streckte Wolfe die Hand entgegen. Wolfe schaute auf die Hand und dann Frost ins Gesicht, der die Hand hastig zurückzog und fortfuhr: »Sie sollten es nicht so tragisch nehmen, daß ich ein bißchen aus der Rolle gefallen bin. Jedenfalls weiß ich Ihre Bemühungen zu schätzen, und wenn Sie mir nun sagen möchten, wieviel ich Ihnen schulde ...«

Er brach ab und sah lächelnd zu mir herüber.

»Setzen Sie sich, Mr. Frost«, sagte Wolfe.

»Ich werde gleich den Scheck ausstellen.« Frost setzte sich auf den Besucherstuhl und zog Scheckheft und Füllhalter heraus. »Wieviel?«

»Zehntausend Dollar.«

Frost schnappte buchstäblich nach Luft.

»Was?«

»Zehntausend. Das dürfte wohl das entsprechende Honorar für Ihren Auftrag sein: eine Hälfte für die Lösung des Mordfalles Molly Lauck und die andere Hälfte, um Ihre Base aus der Mörderhöhle zu befreien.«

»Aber, mein lieber Mann, Sie haben doch keinen der beiden Aufträge durchgeführt. Sie sind vollkommen übergeschnappt!« Er kniff die Augen zusammen. »Glauben Sie ja nicht ...«

Wolfe knurrte: »Zehntausend Dollar – und außerdem

warten Sie hier, bis wir nachgefragt haben, ob der Scheck überhaupt gedeckt ist.«

»Sie sind total verrückt«, schnaubte Frost. »Ich habe doch gar keine zehntausend Dollar. Meine Schau hat gut eingeschlagen – aber ich mußte schließlich eine Menge Schulden zahlen. Selbst wenn ich das Geld hätte – was haben Sie denn vor?«

»Bitte, Mr. Frost – darf ich auch etwas dazu sagen?« Llewellyn Frost schaute Wolfe an, der gelassen fortfuhr: »Es gibt drei Dinge, die mir an Ihnen gefallen – andererseits haben Sie jedoch eine ganze Reihe schlechter Gewohnheiten. Sie meinen, daß Sie den Leuten Ihre Worte wie Ziegelsteine an den Kopf werfen müßten. Sie lassen sich zu einer Handlung hinreißen, ohne die möglichen Konsequenzen zu bedenken. Ehe Sie mich mit der Aufklärung dieses Falles beauftragten, hätten Sie die einzelnen Möglichkeiten genau untersuchen sollen. In dem Augenblick, als Sie mir den Fall in die Hand gaben, haben Sie alle Brücken hinter sich abgebrochen. Sie haben einen Vertrag mit mir geschlossen, und diesen haben Sie ebenso einzuhalten wie ich.«

Er schenkte sich ein Glas Bier ein, und Llewellyn Frost sah ihm dabei zu.

Nach einer längeren Pause sagte Frost: »Sehen Sie einmal, Mr. Wolfe – ich hatte doch keine Ahnung, daß ...« Er hielt inne und fuhr nach kurzem Zögern fort: »Ich leugne nicht, diesen Vertrag mit Ihnen abgeschlossen zu haben; und ich habe Sie lediglich gefragt, wieviel ich Ihnen schulde.«

»Das habe ich Ihnen gesagt.«

»Aber ich habe keine zehntausend Dollar zur Verfügung. Selbst wenn ich sie in der nächsten Woche irgendwie auftreiben könnte – mein Gott! Eine solche Summe für zwei Stunden Arbeit ...«

»Es handelt sich nicht um die Arbeit. Es stimmt, daß ich

meine Fähigkeiten gegen ein entsprechendes Honorar zur Verfügung stelle, aber ich bin entweder ein Künstler auf meinem Gebiet oder ich bin gar nichts. Würden Sie vielleicht einem bekannten Maler wie Matisse ein Gemälde in Auftrag geben, um ihm die erste Rohskizze zu entreißen und den Auftrag zurückzuziehen? Nein, natürlich nicht. Glauben Sie, ein solcher Vergleich wäre nicht angebracht?«

»Um Himmels willen!« Unser Klient lehnte sich auf dem Stuhl zurück und spreizte die Hände. »Na schön, Sie sind also ein Künstler. Wie wäre es, wenn ich Ihnen den Scheck auf eine Woche vorausdatiere?«

Wolfe schüttelte den Kopf.

»Sie könnten es sich in der Zwischenzeit anders überlegen und das Konto sperren lassen. Außerdem dürfen Sie mehr für Ihr Geld erwarten, und ich ...«

Das Telefon schrillte. Ich hob den Hörer ab, meldete mich, lauschte einen Augenblick und wandte mich dann grinsend an Wolfe. »Inspektor Cramer sagt, daß einer seiner Männer heute mittag vor Überraschung fast gestorben wäre, als er Sie im McNair-Gebäude sah. Er möchte den Fall ein wenig mit Ihnen besprechen.«

»Nein, ich habe jetzt keine Zeit.«

Ich gab Cramer die entsprechende Auskunft durch, hörte mir seine Antwort an und sagte zu Wolfe: »Er möchte um 18 Uhr herkommen, um mit Ihnen eine Zigarre zu rauchen. Das bedeutet für ihn das SOS-Zeichen.«

Wolfe nickte. Ich sagte Cramer Bescheid und legte auf.

Frost war inzwischen aufgestanden, und jetzt fragte er: »War das Inspektor Cramer? Er – er kommt hierher?«

»Ja, etwas später«, antwortete ich, weil Wolfe inzwischen die Augen geschlossen hatte. »Er kommt oft her, um einen Fall zu besprechen, der ihm Sorgen bereitet.«

»Aber er ... Ich ...« Llewellyn Frost schien schwer

angeschlagen. »Verdammt – ich möchte jetzt telefonieren!«

»Bitte sehr, nehmen Sie ruhig meinen Stuhl.«

Er setzte sich hinter meinen Schreibtisch und wählte eine Nummer.

»Hallo! Hallo! Sind Sie da, Styce? Hier spricht Lew Frost. Ist mein Vater noch dort? Versuchen Sie es einmal in Mr. McNairs Büro. Ja, bitte. Hallo, Vater? Lew. Nein – nein. Einen Augenblick! Ist Tante Callie noch da? Sie wartet auf mich? Ja, ich weiß. Nein, hör zu: ich bin hier im Büro von Nero Wolfe, neunhundertachtzehn West, Fünfunddreißigste Straße. Ich möchte, daß du gleich mit Tante Callie herkommst. Nein, ich kann es am Telefon nicht erklären, aber ihr müßt sofort herkommen; ihr könnt in zehn Minuten hier sein, Vater.«

Nero Wolfes Augen waren noch immer geschlossen.

4

Es war bereits nach drei Uhr, als sie eintrafen. Fritz führte sie herein. Calida Frost, Helens Mutter und Lews Tante, war eine Frau mittlerer Größe mit einer weichen Mundpartie. Sie hatte dunkelbraune Augen, und man hätte es ihr kaum zutrauen können, die Mutter eines bereits erwachsenen Mädchens zu sein. Dudley Frost, Lews Vater, hatte ein Gewicht von mindestens zwei Zentnern. Er hatte graues Haar und einen gestutzten grauen Schnurrbart. Auf irgendeine Weise war wohl seine Nase ein wenig zur Seite verschoben worden, aber das konnte nur einem aufmerksamen Beobachter wie mir auffallen.

Llewellyn empfing sie an der Tür, führte sie herein und übernahm die Vorstellung. Dudley Frost begrüßte uns mit einer sonoren Baßstimme, und als sie alle Platz genommen hatten, wandte er sich an unseren Klienten und fragte: »Also, was gibt es denn nun, mein Junge? Gib acht, Calida, deine Tasche wird gleich auf den Boden fallen. Was wird denn hier gespielt, Mr. Wolfe? Ich hatte mich eigentlich heute nachmittag auf eine Partie Bridge gefreut. Welche Schwierigkeiten sind denn aufgetaucht? Mein Sohn hat mir und meiner Schwägerin erklärt ...«

Llewellyn Frost rief: »Mr. Wolfe verlangt zehntausend Dollar.«

Dudley Frost lachte meckernd vor sich hin.

»Meine Güte! Wofür denn, Mr. Wolfe?«

Wolfe erwiderte in seiner tiefsten Stimmlage: »Um mein Bankkonto aufzufrischen.«

»Haha – das ist köstlich! Nun, ich habe wohl keine andere Antwort verdient, denn ich hätte fragen sollen, wofür und von wem Sie die zehntausend Dollar erwarten. Hoffentlich nicht von mir, denn ich habe sie nicht. Mein Sohn hat mir erklärt, daß er Sie mit irgendwelchen Ermittlungen beauftragt hat, aber Sie werden doch nicht im Ernst verlangen, daß er Ihnen zehntausend Dollar zahlt, nur weil er sich wie ein Esel benommen hat. Hoffentlich nicht, denn er hat das Geld ebensowenig wie ich. Meine Schwägerin Calida hat es ebenfalls nicht. Soll ich fortfahren, Calida?«

Mrs. Calida Frost hielt den Blick auf Nero Wolfe gerichtet, ohne irgendeine Notiz von ihrem Schwager zu nehmen.

»Ich glaube«, sagte sie mit leiser, angenehm klingender Stimme, »daß wir Mr. Wolfe in erster Linie zeigen müssen, welche falsche Schlußfolgerung er über meine Tochter Helen gezogen hat.« Sie lächelte Wolfe zu. »Aber vielleicht sollten wir uns, da wir nun einmal hier sind, anhören, was Mr. Wolfe zu sagen hat.«

Wolfe betrachtete sie aus halbgeschlossenen Augen.

»Sehr wenig, Madam. Ihr Neffe hat mir einen Auftrag

erteilt – und außerdem hat er mich bewogen, einen Schritt zu unternehmen, der mir persönlich zuwider war. Im nächsten Augenblick wollte er den betreffenden Auftrag wieder zurückziehen, und er fragte mich, wieviel er mir schulde. Das habe ich ihm gesagt – und unter den gegebenen Umständen habe ich natürlich auf einer sofortigen Zahlung bestanden.«

»Sie haben zehntausend Dollar verlangt?« Als Wolfe nickte, fuhr sie zögernd fort: »Aber ist das nicht eine ungewöhnlich hohe Summe für ein Honorar?«

»Die Sache ist doch an sich sehr einfach«, rief Dudley Frost. »Nehmen wir einmal an, Mr. Wolfe wäre berechtigt, zwanzig Dollar pro Stunde zu verlangen. In diesem Fall würde Lew ihm also vierzig Dollar schulden – und ich muß sagen, daß ich ausgezeichneten Rechtsanwälten weitaus weniger gezahlt habe. Außerdem ist es vollkommen sinnlos, von zehntausend Dollar zu reden, da wir sie nicht haben.« Er beugte sich vor und legte die Hand auf die Schreibtischplatte. »Ich kann Ihnen in aller Offenheit verraten, daß meine Schwägerin nicht einen einzigen Cent besitzt, Mr. Wolfe. Das weiß niemand besser als ich. Das ganze Vermögen meines Vaters ist auf Helen übergegangen. Mit Ausnahme von Helen sind wir eine arme Familie. Gewiß, mein Sohn bildet sich ein, ihm wäre jetzt der große Wurf gelungen, aber das hat er schon oft gedacht. Natürlich könnten Sie einen Prozeß anstrengen, doch ich meine, daß es auch in diesem Fall zu einem Vergleich kommen müßte.«

Unser Klient hatte wiederholt versucht, ihm ins Wort zu fallen, und jetzt beugte er sich vor und umklammerte das Knie seines Vaters.

»Mr. Wolfe hat keineswegs die Absicht, die Sache auf die lange Bank zu schieben. Inspektor Cramer kommt um 18 Uhr her, um den Fall mit ihm zu besprechen.«

»So? Na, deswegen brauchst du mir ja nicht gleich das

Knie zu zerdrücken. Wer, zum Kuckuck, ist denn dieser Inspektor Cramer?«

»Das weißt du doch: der Leiter der Mordkommission.«

»Ach der! Und wer hat gesagt, daß er herkommt?«

»Er hat vorhin hier angerufen; deswegen habe ich ja dich und Tante Callie hergebeten.«

Dudley Frost fragte seinen Sohn: »Wer hat mit Inspektor Cramer gesprochen? Du?«

»Nein«, erwiderte ich. »Ich.«

»Ah!« Dudley Frost lächelte mir zu, streifte Wolfe mit einem Seitenblick und schaute dann wieder zu mir herüber. »Jetzt kann ich die Sache schon eher verstehen, und ...«

»Werfen Sie ihn hinaus, Archie«, knurrte Wolfe.

Ich legte Notizbuch und Bleistift auf den Tisch und stand auf.

Llewellyn Frost stand ebenfalls auf. Seine Tante zog lediglich die Augenbrauen in die Höhe.

Dudley Frost lachte.

»Na, setzt euch wieder, Jungens.«

»Mr. Frost!« Wolfe zeigte mit dem Zeigefinger auf ihn. »Ihre Unterstellung, wir hätten ein Telefongespräch vorgetäuscht, um Sie zu beeindrucken, ist beleidigend. Entweder Sie nehmen das sofort zurück, oder Sie verlassen das Haus!«

Dudley Frost lachte wieder.

»Nun, vielleicht haben Sie mich beeindrucken wollen. In meiner Eigenschaft als Verwalter von Helens Erbschaft habe ich natürlich eine große Verantwortung übernommen.« Er wandte sich an seinen Sohn. »Es ist alles deine Schuld, Lew! Du hast diesem Wolfe die Gelegenheit in die Hand gespielt. Habe ich dir nicht wieder und wieder gesagt ...«

Wolfe beugte sich über den Schreibtisch und führte

seinen Zeigefinger bis vor Mrs. Frosts Kostümjacke. »Bitte veranlassen Sie ihn, damit aufzuhören!«

Sie zuckte nur die Schultern, während ihr Schwager mit seinem Wortschwall fortfuhr. Dann stand sie unvermittelt auf, kam an meinen Schreibtisch und fragte leise: »Haben Sie eine Flasche guten Whisky im Haus?« Als ich nickte, fuhr sie fort: »Dann geben Sie ihm ein Glas und ein wenig Wasser.«

Ich ging an den Schrank, zog die Flasche Old Corcoran hervor und schenkte ein Glas ein. Als ich es neben unseren Redner stellte, schaute er erst auf das Glas, dann auf mich. »Was, zum Kuckuck, ist denn das – und wo ist die Flasche?« Er hielt das Glas unter die Nase und roch daran. »Oh! Aha!« Er schaute sich im Kreis um. »Will denn niemand mit mir anstoßen? Calida? Lew?« Er roch abermals an dem Glas. »Nein? Na, dann trinke ich auf das Wohl aller Frosts!«

Er trank das Glas aus, als wäre es Milch, und Wolfe beobachtete ihn mit den Augen eines Habichts.

»Wie steht nun die Sache mit Inspektor Cramer?« fragte Mrs. Frost ruhig. »Kommt er her?«

»Ja, das hat er gesagt.«

»In der Angelegenheit – Miß Lauck?«

»Ja, das hat er gesagt.«

»Aber ...« Sie zögerte einen Augenblick. »Ist es nicht recht ungewöhnlich, daß Sie sich mit der Polizei über die Angelegenheiten Ihrer Klienten unterhalten?«

»Ich unterhalte mich stets mit jedem, der mir irgendeine Information geben kann.« Wolfe blickte auf die Uhr. »Wir wollen sehen, ob wir nicht noch ein wenig weiterkommen, Mrs. Frost. Es ist zehn Minuten vor 16 Uhr, und die beiden Stunden von 16 Uhr bis 18 Uhr verbringe ich regelmäßig oben bei meinen Pflanzen. Erstaunlicherweise hat Ihr Schwager den Nagel auf den Kopf getroffen, als er sagte, die ganze Sache wäre im Grunde genommen recht einfach. Ich habe Mr. Llewellyn Frost durchaus kein Ultimatum gestellt, sondern ihm lediglich die Wahl überlassen, mir entweder auf der Stelle mein Honorar zu zahlen oder mich in den weiteren Ermittlungen des Falles fortfahren zu lassen. Die Sache wird natürlich dadurch kompliziert, daß seine eigene Familie nunmehr versucht, ihm in den Rücken zu fallen.«

Mrs. Frost widersprach: »Wir haben keineswegs diese Absicht – aber anscheinend haben Sie eine von Helens Bemerkungen mißverstanden, und darüber sind wir natürlich sehr besorgt. Wenn Sie darüber hinaus auch den Fall noch mit der Polizei besprechen wollen ...«

»Ich verstehe, Mrs. Frost.« Wolfe schaute wieder auf die Uhr. »Sie möchten von mir die ausdrückliche Versicherung erhalten, daß ich Inspektor Cramer gegenüber die betreffende Bemerkung Ihrer Tochter nicht wiederhole. Nun, diese Versicherung kann ich Ihnen natürlich nicht geben – es sei denn, daß Mr. Llewellyn Frost sich mit Ihrer und Ihres Schwagers Zustimmung entscheidet, mir auf der Stelle mein Honorar auszuzahlen oder mich mit den weiteren Ermittlungen dieses Falles zu beauftragen. Ich darf vielleicht noch hinzufügen, daß ich Ihre Tochter nicht in Zusammenhang mit diesem Verbrechen bringe – und es wäre ratsam, wenn sie sich mir gegenüber zu einer offenen Aussage entschließen würde, ehe die Polizei Wind von der Sache bekommt.«

Mrs. Frost erwiderte: »Meine Tochter hat keinerlei Informationen.«

»Ich möchte Ihnen nicht gern widersprechen, aber das müßte ich schon von ihr selbst hören.«

»Sie wollen also mit den Ermittlungen fortfahren – anderenfalls beabsichtigen Sie, Inspektor Cramer zu sagen, daß ...«

»Ich habe nichts von meinen Absichten gesagt.«

»Aber Sie möchten mit den Ermittlungen fortfahren.«

»Ja, entweder das – oder mein Honorar auf der Stelle!«

»Hör zu, Calida. Ich habe inzwischen darüber nachgedacht«, sagte Dudley Frost. »Warum lassen wir Helen nicht einfach herkommen? Dieser Wolfe will uns doch nur bluffen. Wenn wir nicht überaus vorsichtig sind, werden wir hier zehntausend Dollar aus Helens Vermögen auszahlen, und dafür bin ich schließlich verantwortlich. Die einzige Möglichkeit, Wolfes Bluff aufzudecken, besteht darin ...«

Ich stand gerade im Begriff, zum Schrank zu gehen und ihm eine weitere Dosis seiner besonderen Medizin zu verabfolgen, als ich sah, daß das nicht mehr erforderlich war.

Wolfe war aufgestanden, und jetzt sagte er mit lauter Stimme, um Dudley Frosts Wortschwall zu übertönen, zu Llewellyn: »Gott sei Dank muß ich jetzt gehen. Ihren Entschluß können Sie Mr. Goodwin ausrichten.«

Damit verließ er den Raum, ohne auf das Protestgeschrei zu achten. Während unsere drei Besucher erregt miteinander zu streiten begannen, spannte ich unbekümmert einen Bogen Papier in die Schreibmaschine, setzte das Tagesdatum oben in die Ecke und begann zu tippen:

Mr. Nero Wolfe!

Bitte fahren Sie bis zu meiner nächsten Nachricht mit Ihren Ermittlungen in dem Mordfall Molly Lauck fort, mit denen ich Sie am 30. März beauftragt habe.

Ich spannte den Bogen aus, legte ihn auf eine Ecke von Wolfes Schreibtisch und reichte Llewellyn meinen Füllhalter. Als er sich über das Schreiben beugte, um es zu lesen, sprang sein Vater auf und ergriff ihn am Ellbogen.

»Du bist nicht verpflichtet, irgend etwas zu unterschreiben.«

Dudley Frost las das Schreiben und reichte es seiner Schwägerin. Sie las es ebenfalls und schaute mich dann an.

»Ich glaube auch nicht, daß mein Neffe irgend etwas unterschreiben muß.«

»Ich glaube, doch.« Die ganze Sache hing mir schon zum Hals heraus. »Sie scheinen alle vollkommen zu vergessen, was passiert, wenn Mr. Wolfe diese Angelegenheit mit Mr. Cramer bespricht, falls Sie den Auftrag zurückziehen. Cramer bearbeitet diesen Fall bereits seit über einer Woche, ohne auch nur einen einzigen Schritt weitergekommen zu sein – und er ist jetzt so wild, daß er sogar ganze Zigarren verschlucken könnte. Natürlich wird er Miß Frost nicht gleich mit einem Wasserwerfer bearbeiten, aber immerhin . . .«

»Also gut«, sagte Dudley Frost. »Mein Sohn ist bereit, Mr. Wolfe die weiteren Ermittlungen zu übertragen – aber er wird nichts unterschreiben.«

»Doch«, erwiderte ich, indem ich Calida Frost das Schreiben abnahm und es wieder auf Wolfes Schreibtisch legte. »Um alles in der Welt – was wollen Sie denn eigentlich? Mr. Wolfe hat Ihnen erklärt, daß Sie mir Ihren Entschluß mitteilen sollen, und wenn ich darüber keine Unterlage in die Hand bekomme, dann werde ich mich selbst mit Inspektor Cramer unterhalten.«

Llewellyn Frost schaute auf seine Tante, auf seinen Vater und dann auf mich.

»Ich stecke wirklich in einer verteufelten Klemme. Wenn ich jetzt zehntausend Dollar zur Verfügung hätte, dann schwöre ich . . .«

»Seien Sie vorsichtig«, sagte ich. »Der Füllhalter tropft nämlich mitunter. Jetzt setzen Sie endlich Ihre Unterschrift auf das Schreiben.«

Während unsere beiden anderen Besucher schweigend zuschauten, beugte er sich über den Schreibtisch und unterschrieb.

5

»Ich hatte nicht übel Lust, einen Notar herbeizurufen und Stebbins auf der Stelle eine eidesstattliche Erklärung abzunehmen.« Inspektor Cramer kaute auf seiner Zigarre. »Nero Wolfe bei hellem Tageslicht und in offensichtlich vollkommen normaler geistiger Verfassung eine Meile von seiner Wohnung entfernt? Nein, das war entschieden zuviel für mich!«

Es war 18.15 Uhr, und Wolfe hatte, nachdem er von den Pflanzen zurückgekommen war, bereits die zweite Flasche Bier geöffnet. Ich saß hinter meinem Schreibtisch und hielt das Notizbuch auf den Knien.

Wolfe lehnte sich auf seinem überdimensionalen Sessel zurück.

»Das kann ich mir lebhaft vorstellen, Sir. Eines Tages werde ich Ihnen das alles erklären, aber im Augenblick ist die Erinnerung daran noch zu frisch.«

»Vielleicht sind Sie jetzt nicht mehr so exzentrisch wie bisher.«

»Doch. Wer von uns ist denn nicht exzentrisch?«

Cramer nahm die Zigarre aus dem Mund, sah sie einen Augenblick an und schob sie dann wieder zwischen die Zähne.

»Na, ich bin jedenfalls zu dumm, um exzentrisch zu sein. Nehmen wir zum Beispiel diesen Fall Lauck. Ich habe acht Tage lang angestrengt an diesem Fall gearbeitet – und was habe ich dabei erreicht? Ich weiß lediglich, daß Molly Lauck tot ist – und auch das weiß ich nur aus dem Befund der Leichensektion.« Er beugte sich auf seinem Stuhl vor. »Nachdem ich Ihnen nun reinen Wein eingeschenkt habe – wie wäre es denn, wenn Sie das auch mir gegenüber tun würden? Dann verdienen Sie sich Ihr Honorar, worauf Sie letzten Endes aus sind, und ich kann mir meine Stellung erhalten, die ich zum Leben brauche.«

»Nichts zu machen, Mr. Cramer. Ich weiß doch nur vom Hörensagen, daß Molly Lauck tot ist, denn ich habe den Befund der Leichensektion ja nicht gelesen.«

»Ach, kommen Sie doch!« Cramer nahm die Zigarre aus dem Mund. »Wer hat Sie mit den Ermittlungen beauftragt?«

»Mr. Llewellyn Frost.«

»Ah, der?« brummte Cramer. »Will er jemanden von einem Verdacht reinigen?«

»Nein, ich soll den Mordfall klären.«

»Was Sie nicht sagen! Und wie lange haben Sie dazu gebraucht?«

Wolfe schenkte sich ein Glas Bier ein und trank.

»Warum regt sich Lew Frost eigentlich so darüber auf? Das verstehe ich nicht«, sagte Cramer. »Schließlich hatte Miß Lauck es doch nicht auf ihn abgesehen, sondern auf diesen Franzosen Perren Gebert. Warum möchte Lew Frost unbedingt sein gutes Geld ausgeben, um der Gerechtigkeit zum Sieg zu verhelfen?«

»Das kann ich nicht sagen.« Wolfe wischte sich den Mund ab. »Ich kann Ihnen überhaupt nichts sagen, denn ich habe nicht die geringste Ahnung ...«

»Wollen Sie etwa behaupten, Sie wären zur Zweiundfünfzigsten Straße gefahren, um ein wenig Gymnastik zu betreiben?«

»Nein, Gott behüte! Immerhin habe ich, was den Fall Lauck betrifft, bislang keinen Erfolg zu verzeichnen.«

»So.« Cramer fuhr sich mit der Hand übers Knie. »Diese Worte sind natürlich nur auf mich gemünzt – und das bedeutet keineswegs, daß Sie nicht für sich selbst einen Erfolg zu verzeichnen hätten.« Cramer warf den Zigarrenstummel in den Aschenbecher, zog eine neue Zigarre hervor, biß die Spitze ab, zündete die Zigarre an und lehnte sich auf seinem Stuhl zurück. »Sie haben mir einmal erklärt, Wolfe, daß es mir mit meinem Beamtenapparat in neun von zehn Fällen leichter fallen würde, einen Mord aufzuklären, als Ihnen.«

»Ja?«

»Ja. Ich habe sehr genau mitgezählt, und deshalb weiß ich, daß wir jetzt wieder beim zehnten Fall angelangt sind. Aus diesem Grund freut es mich auch ganz besonders, daß Sie schon in diesem Fall stecken, ohne daß ich Sie erst hineinschieben muß. Da Sie bereits bei McNair gewesen sind, wissen Sie auch, wie sich dort alles abgespielt hat, denn es ist mir bekannt, daß Sie sich mit dem Boß und den beiden Mädchen unterhalten haben, die bei der Vergiftung zugegen waren.«

»Ich habe die augenscheinlichen Tatsachen in Erfahrung gebracht.«

»Ja, ja, die augenscheinlichen Tatsachen. Ich habe mich mindestens zehnmal mit den beiden Mädchen und allen anderen Beteiligten unterhalten. Ich habe zwanzig meiner besten Leute Tag für Tag ausgeschickt, um die Besucher zu vernehmen, die an jenem Tag zu der Modenschau gekommen waren, und ich habe selbst etwa zwei Dutzend dieser Personen vernommen. Eine Hälfte der Beamten hat die ganze Stadt durchforscht, um die Verkäufe von Bailys Royal Medley während des vergangenen Monats zu registrieren, und die andere Hälfte hat die Verkäufe von Zyankali in derselben Zeitspanne untersucht. Weiterhin habe ich Beamte nach Darby in Ohio geschickt, wo Mollys Eltern wohnen. Bei all diesen Maßnahmen bin ich auf etwa zehn Personen gekommen, die als Täter in Frage kommen könnten.«

»Sehen Sie«, meinte Wolfe, »ich habe Ihnen nicht umsonst gesagt, daß Sie mit Ihrem großen Beamtenstab viel weiterkommen als ich.«

»Scheren Sie sich doch zum Teufel! Ich wende alle Mittel an, die mir zur Verfügung stehen, und Sie wissen ganz genau, daß ich kein schlechter Polizeibeamter bin – aber nach all diesen Bemühungen einer arbeitsreichen Woche weiß ich heute noch nicht einmal mit Sicherheit, ob Molly Lauck nicht mit einem Gift umgebracht worden ist, das für eine ganz andere Person bestimmt war. Wie wäre es denn, wenn Miß Frost und Miß Mitchell diese Tat gemeinsam begangen hätten? Vielleicht sind diese beiden Mädchen tatsächlich so gerissen. Allerdings habe ich bisher noch immer kein Motiv dafür entdecken können. Allem Anschein nach hatte Molly Lauck an diesem Perren Gebert einen Narren gefressen – aber das hilft uns auch nicht weiter. Gebert ist an dem betreffenden Tag dort gewesen – aber es ist einfach kein Motiv vorhanden. Meiner Ansicht nach ist das Gift gar nicht für Molly Lauck bestimmt gewesen. Bei unseren Nachforschungen über den Verkauf von Zwei-Pfund-Packungen von Bailys Royal Medley sind wir auf etwa zweihundert Personen gekommen, und unter diesen waren Anhaltspunkte für mindestens zwanzig Mordfälle vorhanden. Somit können wir den vorliegenden Fall nur zu den Akten der ungelösten Mordfälle legen.«

Er biß auf seine Zigarre, streifte mich mit einem gereizten Seitenblick und wandte sich wieder an Wolfe.

»Ich bin wieder einmal vollkommen am Ende – und Sie sind der einzige Mensch, dem gegenüber ich das offen zugebe. Als ich heute erfuhr, daß Sie persönlich in das betreffende Haus gegangen sind, da habe ich sofort neue Hoffnung geschöpft. Sie können sich wohl vorstellen, wie die Veröffentlichungen der Presse an unseren Nerven zerren, denn Molly Lauck ist ein schönes, junges Mädchen gewesen. Die beiden Mädchen, die bei ihrem Tod zugegen waren, sind ebenfalls jung und hübsch. Die Reporter schreiben Tag für Tag über diesen Fall, und jedesmal, wenn ich in das Büro des Polizeichefs komme, haut er mit der Faust auf den Schreibtisch.«

Wolfe sagte: »Mr. Hombert hat sich schon immer durch

sein überaus lautes Verhalten ausgezeichnet. Ich bedaure wirklich, daß ich gar nichts für Sie tun kann, Mr. Cramer.«

»Ja, auch ich bedaure es, aber Sie könnten mich doch wenigstens in Bewegung setzen, und wenn es auch in der falschen Richtung wäre.«

»Na – wir wollen einmal sehen.« Wolfe lehnte sich zurück und schloß die Augen. »Sie haben also kein Motiv entdecken können. Wissen Sie denn nicht, daß Sie einen guten Ausgangspunkt haben?«

Cramer schaute ihn groß an. »Wieso?«

»Nun, wir wissen doch zweifellos, daß die betreffende Pralinenschachtel den Tod herbeigeführt hat. Was haben Sie damit angestellt?«

»Ich habe sie selbstverständlich analysieren lassen.«

»Und?«

Cramer streifte die Asche von seiner Zigarre in den Aschenbecher. »Darüber gibt es nicht viel zu berichten. Es ist eine Schachtel, wie man sie in jedem beliebigen Laden kaufen kann. Sie heißt Bailys Royal Medley, wird zu einem Preis von einem Dollar und sechzig Cent verkauft und enthält kandierte Früchte, Schokolade, Nüsse und dergleichen. Ich habe mich mit der Fabrik in Verbindung gesetzt und erfahren, daß die Schachteln, die auf den Markt kommen, vollkommen einheitlich sind. Ich habe mir ein paar dieser Schachteln besorgt und festgestellt, daß sie nach einem bestimmten System verpackt werden. Ein Vergleich mit der Schachtel, die zu Molly Laucks Tod führte, hat ergeben, daß dort ein Stück kandierte Ananas, eine kandierte Pflaume und eine Jordanmandel fehlten.«

»Ja, ja. Haben eigentlich auch Karamellen gefehlt?«

»Karamellen?« Cramer sah ihn verdutzt an. »Warum denn Karamellen?«

»Oh, ich habe sie früher recht gern gegessen.«

Cramer brummte vor sich hin.

»Treiben Sie gefälligst keinen Spaß mit mir! Bailys Royal Medley enthält doch gar keine Karamellen. Das ist wirklich schade, wie?«

»Ja, das mag sein. Sind diese Tatsachen eigentlich schon veröffentlicht worden?«

»Nein. Außer unserem Chemiker weiß niemand darüber Bescheid – und ich hoffe, daß Sie diese Information für sich behalten können.«

»Ausgezeichnet! Und wie steht es mit dem Chemiker?«

»Er ist eine sehr gute Kraft, und er hat bei seinen eingehenden Untersuchungen festgestellt, daß nur die vier in der oberen Schicht der Schachtel vorhandenen Jordanmandeln vergiftet waren. Nach dem vorhin erwähnten System enthält diese Schachtel in der oberen Schicht jeweils fünf Jordanmandeln, und Molly Lauck hatte eine von ihnen gegessen. Der vorhandene Giftgehalt an Zyankali war bei jeder Mandel etwas über sechs Gramm.«

»Aha! Also nur die Mandeln waren vergiftet.«

»Ja, und es ist unschwer zu begreifen, warum es gerade die Mandeln waren, denn Zyankali riecht ja auch recht aufdringlich nach Mandeln. Der Zuckerüberguß der betreffenden Mandeln ist angebohrt worden, so daß das Gift eingespritzt werden konnte. Sie haben die Pralinenschachtel als Ausgangspunkt bezeichnet? Nun, ich bin davon ausgegangen – und was hat es mir eingebracht? Ich sitze vollkommen geschlagen hier in Ihrem Büro, und der verdammte Goodwin grinst mich schadenfroh an!«

»Archie – lassen Sie Ihr dummes Grinsen! Nun, Mr. Cramer, vielleicht ist es noch nicht zu spät ...«

Wolfe schloß die Augen und begann vor sich hinzumurmeln. Cramer hob die Augenbrauen und schaute mich an.

Nach einer Weile öffnete Wolfe endlich die Augen und sagte: »Mr. Cramer, wir wollen uns in diesem Fall auf unser Glück verlassen. Können Sie morgen früh um 9 Uhr

Mr. Goodwin im McNair-Gebäude aufsuchen und fünf Schachteln von Bailys Royal Medley mitbringen?«

»Gewiß – und was kommt dann?«

»Es handelt sich um einen Versuch. Archie, nehmen Sie Ihr Notizbuch zur Hand!«

Ich schlug eine neue Seite auf.

Drei Stunden später, um 22 Uhr, holte ich mir aus dem nächsten Laden eine Zwei-Pfund-Packung von Bailys Royal Medley, und dann saß ich damit bis weit nach Mitternacht im Büro und prägte mir ein bestimmtes System ein.

6

Am nächsten Morgen hielt ich genau drei Minuten vor 9 Uhr vor dem McNair-Gebäude an, und als ich in den großen Konferenzsaal kam, sah ich, daß dort mehr als fünfzig Personen versammelt waren.

Nachdem Inspektor Cramer mich kurz begrüßt hatte, wandte er sich an die Anwesenden und begann: »In erster Linie ist es meine Pflicht, mich bei Mr. McNair dafür zu bedanken, daß er das Geschäft vorübergehend geschlossen hat, um mir zur Hand zu gehen. In zweiter Linie möchte ich Ihnen allen für Ihr Kommen danken. Es ist ein beruhigendes Gefühl, zu sehen, daß es noch so viele ehrenwerte Bürger gibt, die ihren Teil zur Aufklärung dieser traurigen Angelegenheit beitragen möchten. Dafür danke ich Ihnen im Namen des Polizeichefs, Mr. Hombert, und des Staatsanwalts, Mr. Skinner. Wir haben Ihnen bei der kurzen telefonischen Benachrichtigung natürlich keine Erklärungen geben können, und auch jetzt möchte ich von einer ganz allgemeinen Erklärung Abstand nehmen. Sehr wahrscheinlich werden Sie diese Maßnahme für ungewöhnlich halten – aber ich möchte Sie dennoch bitten, unseren Aufforderungen nachzukommen. Sie haben nichts weiter zu tun, als nach Aufruf einzeln diesen Raum zu verlassen und sich über den Korridor zu einem kleinen Raum zu begeben, der hinter der dritten Tür auf der linken Seite liegt. Dort werden Sie von Captain Dixon, Mr. Goodwin und mir erwartet – und das ist alles.«

Cramer gab mir ein Zeichen, und wir gingen gemeinsam zu dem betreffenden Raum, wo Captain Dixon hinter einem riesigen Schreibtisch thronte.

Als erste kam eine Frau mit einem stromlinienförmigen Hut herein. Ich schrieb ihren Namen auf einen Zettel und sagte: »Also, Mrs. Ballin, ich möchte Sie bitten, ohne jegliche Nervosität meine Bitte zu erfüllen ...«

Sie lächelte mir zu.

»Ich bin ganz und gar nicht nervös.«

»Ausgezeichnet!« Ich hielt ihr einladend die Pralinenschachtel hin. »Nehmen Sie bitte ein Stück.«

»Ich esse nur sehr selten Pralinen.«

»Sie brauchen das Stück gar nicht zu essen, sondern nur zu nehmen.«

Sie wählte eine gefüllte Praline aus, hielt sie in den Fingern und schaute mich an.

»In Ordnung«, sagte ich. »Legen Sie das Stück zurück. Das ist alles. Ich danke Ihnen, Mrs. Ballin.«

Als sie den Raum verließ, schrieb ich ein X und eine Sechs neben ihren Namen.

Es dauerte etwa zwei Stunden, bis wir zum Ende kamen, die letzten waren die Angestellten der Firma.

Helen Frost kam mit bleichem Gesicht herein und weigerte sich, eine Praline aus der Schachtel zu nehmen. Thelma Mitchell nahm drei kandierte Früchte aus der Schachtel, und dabei bohrte sie ihre perlengleichen Zähne in die Unterlippe.

Dudley Frost weigerte sich ganz entschieden, diesen

›Unsinn‹, wie er es bezeichnete, mitzumachen, und einer der Beamten mußte ihn hinausbringen.

Der allerletzte war Mr. Boyden McNair, und nachdem er meiner Aufforderung nachgekommen war, stand Cramer auf und sagte: »Ich möchte mich noch einmal bei Ihnen bedanken, Mr. McNair, denn Sie haben uns einen großen Gefallen erwiesen. Jetzt ist alles vorüber, und Sie können Ihr Geschäft wieder öffnen.«

»Haben Sie etwas erreicht?« McNair fuhr sich mit dem Taschentuch über das Gesicht. »Es ist wirklich eine scheußliche Sache.« Er schob die Hände in die Hosentaschen und zog sie wieder heraus. »Ich habe schreckliche Kopfschmerzen und werde gleich ein paar Aspirintabletten einnehmen. Was haben Sie eigentlich mit diesem Trick erreichen wollen?«

Cramer zog eine Zigarre aus der Tasche.

»Oh, das war reine Psychologie. Wir werden Sie später über den etwaigen Erfolg unterrichten.«

Als ich in Inspektor Cramers Begleitung das Gebäude verließ, sah ich sein verbittertes Gesicht und sagte: »Unsinn, Inspektor. Sie haben Wolfe wieder einmal für einen Zauberer gehalten, der es mit einer so einfachen Maßnahme erreichen könnte, daß sich der oder die Schuldige Ihnen vor die Füße wirft und ein volles Geständnis ablegt. Sie müssen nun einmal Geduld üben.«

Cramer brummte: »Das hätte ich doch gleich wissen müssen. Wenn das dicke Nilpferd sich mit mir einen Spaß erlaubt hat, dann werde ich dafür sorgen, daß er seine Lizenz als Privatdetektiv mit seinen eigenen Zähnen zerkaut – und dann ist er ein für allemal geliefert.«

Ich stieg in unseren Sportwagen.

»Wolfe treibt gewiß keinen Spaß mit Ihnen. Sie brauchen nur die weitere Entwicklung der Dinge abzuwarten.«

Ich legte den Gang ein und fuhr los.

Ich parkte den Wagen vor dem Haus. Nero Wolfe

unterhielt sich in der Küche mit Fritz Brenner über allerlei lukullische Gerichte, und ich begab mich ins Büro.

Wenige Minuten später kam Wolfe herein und befahl: »Berichten Sie, Archie!«

»Inspektor Cramer ist völlig aus dem Häuschen«, begann ich. »In Übereinstimmung mit Ihren Anweisungen habe ich jeweils die Hände der betreffenden Personen beobachtet, während Inspektor Cramer und Captain Dixon ihr Augenmerk in erster Linie auf ihre Gesichter richteten.« Ich blätterte kurz in meinen Aufzeichnungen. »Sieben der betreffenden Personen haben Jordanmandeln gewählt, und eine der Personen hat sogar zwei dieser Mandeln genommen.«

Wolfe schenkte sich ein Glas Bier ein.

»Und weiter?«

»Was die sechs Personen betrifft, so weiß ich darüber nichts zu berichten. Aber die siebente Person – na ja. Dieser Mann hat Ihnen ja selbst erklärt, daß er unmittelbar vor einem Nervenzusammenbruch steht. Er war natürlich genauso wie alle anderen davon überrascht, daß er ein Stück aus der Pralinenschachtel wählen sollte – und er hat sich dabei ganz besonders seltsam benommen. Immerhin hat er sich zusammengerissen. Seine Finger fuhren zunächst auf eine Jordanmandel zu, aber dann zog er die Hand zurück und wählte ein Stück Schokolade. Beim dritten Versuch hat er ein Gummidrops ergriffen.«

Fritz Brenner brachte eine neue Flasche Bier herein. Wolfe schenkte sich ein.

»Welche Schlußfolgerung ziehen Sie, Archie?«

»Meiner Ansicht nach hat McNair eine ganz besondere Vorliebe für Mandeln – etwa in der Art, wie Sie sie für Bier haben. Das ist natürlich nur eine ganz vage Schlußfolgerung.«

»Soso, Mr. McNair.« Wolfe leerte sein Glas und lehnte

sich in seinem Sessel zurück. »Miß Helen Frost bezeichnet Mr. McNair als Onkel Boyd, nicht wahr?«

Ich gab keine Antwort, und Wolfe schloß die Augen, um sein Genie arbeiten zu lassen.

Nachdem eine ganze Weile verstrichen war, sagte er: »Bringen Sie Helen Frost um 14 Uhr hierher!«

»Aber wie soll ich das denn anstellen? Soll ich sie erwürgen und in einem verschnürten Paket hierherbringen?«

»Aber, Mr. Goodwin!« Es war ein Tonfall, den er mir gegenüber nur sehr selten anschlug. »Das dürfte doch keinerlei Schwierigkeiten bereiten. Mit ein wenig Höflichkeit läßt sich immer viel erreichen.«

Ich eilte auf den Korridor, um meinen Hut zu holen.

7

Ich parkte den Roadster einen Block vor dem McNair-Gebäude und fragte den Pförtner, ob Miß Helen Frost bereits zu Tisch gegangen wäre. Er erklärte mir, daß sie erst gegen 13 Uhr gehen würde, und ich wartete auf der gegenüberliegenden Straßenseite.

Fünf Minuten nach 13 Uhr kam sie heraus. Ich holte sie kurz vor dem Madison Square ein und sagte: »Miß Frost!«

Sie drehte sich um, und ich zog höflich den Hut.

»Erinnern Sie sich noch an mich? Ich bin Archie Goodwin, und ich hätte Sie gern einen Augenblick gesprochen.«

»Das ist doch unverschämt!«

Sie wandte sich um und setzte den Weg fort.

Ich ging um sie herum und stellte mich vor ihr auf.

»Hören Sie doch! Sie sind ja noch kindischer als Ihr Vetter Lew. Ich habe lediglich die Aufgabe, Ihnen ein paar

Fragen zu stellen. Ich darf Sie zwar nicht zum Essen einladen, da ich den betreffenden Betrag nicht auf mein Spesenkonto setzen kann – aber wenigstens könnten wir uns zusammen an einen Tisch setzen. Schließlich bin ich doch kein Flegel; ich bin bis zu meinem siebzehnten Lebensjahr in eine höhere Lehranstalt gegangen und habe erst vor wenigen Monaten zwei Dollar dem Roten Kreuz gespendet.«

Sie sah, daß wir auf der Straße bereits Aufsehen erregten, und erwiderte: »Ich esse stets bei Morelands auf dem Madison Square. Von mir aus können Sie mitkommen und mir dort Ihre Fragen stellen.«

Meinen ersten Trick hatte ich also bereits gelandet. Ich folgte Helen Frost ins Restaurant und setzte mich ihr gegenüber an den Tisch.

»Nun?« fragte sie und schaute mich an.

»Ich möchte Sie zu Nero Wolfe mitnehmen; die Adresse ist Neunhundertachtzehn West, Fünfunddreißigste Straße.«

Sie blickte mich verdutzt an.

»Das ist doch lächerlich! Wozu denn?«

»Da wir um 14 Uhr dort sein müssen, haben wir nicht mehr viel Zeit zu verlieren«, antwortete ich ruhig. »Sie dürfen nicht vergessen, daß ich letzten Endes kein aufdringlicher Reporter oder so etwas bin.«

Nachdem die Kellnerin das Essen für sie gebracht hatte, fuhr ich fort: »Ich könnte jetzt natürlich versuchen, Sie in irgendeiner Form einzuschüchtern, aber das ist meiner Ansicht nach gar nicht erforderlich, denn Sie wissen ja selbst, wie die Dinge liegen. Wenn ich Ihnen einen guten Rat geben darf, dann sollten Sie sich so bald wie möglich mit Nero Wolfe über den Fall unterhalten. Vergessen Sie nicht, daß Miß Mitchell Ihre Aussage mitangehört hat, und wenn sie auch eine gute Freundin von Ihnen sein mag . . .«

»Bitte, sprechen Sie nicht weiter.« Sie starrte abwesend auf ihren Teller und sagte: »Ich kann nichts essen.«

»Sie sollten aber etwas essen.« Ich zog ein paar Münzen aus der Tasche. »Mein Wagen steht auf der Zweiundfünfzigsten Straße, und ich werde Sie dort um 13.45 Uhr erwarten.«

Helen Frost gab keine Antwort. Ich beglich die Rechnung und verließ das Restaurant. Als ich zum Wagen ging, sagte ich mir, daß sie keine andere Wahl hatte, als zu kommen – und ich hatte recht.

Um zehn Minuten vor 14 Uhr kam sie an den Wagen. Ich öffnete ihr den Schlag, stieg ein und drückte auf den Starter.

»Haben Sie gegessen?« fragte ich, als der Wagen anrollte.

»Ein wenig. Ich habe Mrs. Lamont angerufen und ihr erklärt, wo ich zu erreichen wäre. Weiterhin habe ich gesagt, daß ich gegen 15 Uhr wieder im Geschäft sein würde.«

»Nun, das können Sie vielleicht schaffen.«

Mit dieser Frau konnte man sich wirklich in einem offenen Sportwagen zeigen. Ich streifte sie mit einem kurzen Seitenblick und sah, daß ihr Kinn aus dieser Perspektive noch besser wirkte als beim frontalen Anblick.

Es war genau eine Minute nach 14 Uhr, als wir das Haus betraten. Ich führte Miß Frost in das Büro, bot ihr den Besucherstuhl an, ging in das Speisezimmer und sagte zu Nero Wolfe: »Miß Frost bedauert, sich um eine Minute verspätet zu haben – aber wir haben uns bei einer ausgezeichneten Mahlzeit unterhalten, und da ist die Zeit wie im Fluge vergangen.«

»Sie ist hier? Alle Teufel!« Er traf seine Vorbereitungen, aufzustehen. »Na, die ganze Sache gefällt mir nicht recht.«

Ich begleitete ihn in das Büro, setzte mich an meinen Schreibtisch und nahm den Schreibblock zur Hand.

»Sie wollten mich sprechen, Miß Frost?« fragte Wolfe höflich.

»Ich?« erwiderte sie gereizt. »Sie haben mich doch von diesem Mann holen lassen.«

»Ach ja.« Wolfe seufzte. »Haben Sie mir nun, da Sie hier sind, irgend etwas zu sagen?«

Sie öffnete den Mund, schloß ihn wieder und sagte dann: »Nein.«

Wolfe seufzte noch einmal. Er lehnte sich in seinem Sessel zurück, verschränkte die Arme vor dem massigen Bauch, erinnerte sich daran, daß er soeben erst gegessen hatte, und legte die Hände auf die Armlehnen. Dann schloß er die Augen und fragte: »Wie alt sind Sie?«

»Im Mai werde ich einundzwanzig.«

»So? An welchem Tag?«

»Am siebenten Mai.«

»Ich habe von Ihrem Vetter gehört, daß Sie Mr. McNair ›Onkel Boyd‹ nennen. Ist er eigentlich Ihr Onkel?«

»Nein, natürlich nicht; ich nenne ihn nur so.«

»Kennen Sie ihn schon lange?«

»Ja, mein ganzes Leben lang. Er ist ein alter Freund meiner Mutter.«

»Dann kennen Sie sich gewiß in seinen Gewohnheiten aus. Welche Art Pralinen bevorzugt er denn?«

Sie wurde leichenblaß, aber sie behielt sich trotzdem gut in der Gewalt.

»Ich ... das weiß ich wirklich nicht ...«

»Ach, kommen Sie doch, Miß Frost«, sagte Wolfe. »Schließlich will ich Ihnen kein Geheimnis entreißen. Es gibt sicher eine ganze Anzahl Menschen, die mir verraten könnten, ob er beispielsweise Jordanmandeln gern ißt.

Haben Sie eigentlich einen Grund, die Beantwortung meiner Frage zu verweigern?«

»Natürlich nicht.« Ihr Gesicht hatte jetzt wieder eine normale Farbe. »Ich habe nichts vor Ihnen zu verbergen.« Sie schluckte. »Es stimmt tatsächlich, daß Mr. McNair Jordanmandeln sehr gern ißt.« Ihre Wangen röteten sich. »Immerhin bin ich ja nicht hergekommen, um mich mit Ihnen über die Vorliebe einzelner Personen für Pralinen zu unterhalten, sondern Ihnen zu erklären, daß Sie meine gestrige Aussage vollkommen falsch aufgefaßt haben.«

»Dann haben Sie mir also doch etwas zu sagen.«

»Gewiß«, erwiderte sie eifrig. »Sie wissen doch selbst, daß Sie dabei nur einen Trick ausgespielt haben. Ich wollte nicht, daß mein Onkel und meine Mutter zu Ihnen kommen – aber mein Vetter Lew hat wieder einmal den Kopf verloren; er meint immer, er müßte mich bemuttern. Sie haben bei mir einen Trick angewandt und ...«

»Aber, Miß Frost.« Wolfe deutete mit dem Zeigefinger auf sie. »Ich brauche Ihre gestrige Aussage wohl gar nicht zu wiederholen, denn Sie kennen sie genausogut wie ich. Ihren Worten war zu entnehmen, daß Sie den Inhalt der betreffenden Pralinenschachtel kannten, ehe Miß Mitchell den Deckel öffnete.«

»Nein, das habe ich nicht gesagt.«

»Doch, Sie haben es gesagt«, erwiderte Wolfe scharf. »Glauben Sie denn, daß ich mich hier mit Ihnen streiten möchte? Oder glauben Sie vielleicht, daß ich mich von Ihrer Anmut blenden lasse? Archie! Spannen Sie einen Bogen mit Durchschlag ein und fangen Sie an mit der Überschrift: Aussage von Helen Frost.«

Ich kam der Aufforderung nach, und Wolfe diktierte:

1. *Ich gebe zu, den Inhalt der Pralinenschachtel gekannt zu haben, und ich bin bereit, Nero Wolfe eine wahrheitsgemäße Aussage darüber zu machen.*

2. Ich gebe zu, den Inhalt der Schachtel gekannt zu haben, aber ich weigere mich, jetzt die entsprechende Erklärung darüber abzugeben – bin jedoch bereit, Nero Wolfes Fragen zu beantworten.

3. Ich gebe zu, den Inhalt der Schachtel gekannt zu haben, aber ich weigere mich, darüber irgendeine Aussage zu machen.

4. Ich streite ab, den Inhalt der Schachtel gekannt zu haben.

Wolfe richtete sich auf.

»Danke sehr, Archie. Geben Sie mir bitte den Durchschlag und Miß Frost das Original.« Er wandte sich wieder an sie. »Lesen Sie bitte die vier Absätze durch. Hier haben Sie meinen Füllhalter, um den von Ihnen ausgewählten Absatz anzukreuzen und zu unterschreiben. Einen Augenblick noch ... Ich muß Ihnen eröffnen, daß ich mich nur mit Absatz eins oder zwei einverstanden erkläre. Sollten Sie Absatz drei oder vier auswählen, dann muß ich mit sofortiger Wirkung den mir von Ihrem Vetter erteilten Auftrag zurückweisen und die entsprechenden Maßnahmen ergreifen.«

Helen Frost hatte sich gleich wieder in der Gewalt.

»Ich – ich brauche gar nichts anzukreuzen. Warum sollte ich das denn tun?« Hektische Flecken zeichneten sich auf ihren Wangen ab. »Das ist wieder so ein Trick von Ihnen. Schließlich kann jeder irgendeine Antwort beliebig verdrehen.«

»Miß Frost! Bitte! Wollen Sie sich weiter so unmöglich verhalten?«

»Gewiß! Außerdem finde ich es ganz und gar nicht unmöglich. Ich kann Sie nur warnen, denn wenn mein Vetter Lew ...«

»Archie!« rief Wolfe. »Stellen Sie sofort eine Verbindung mit Mr. Cramer her!«

Ich wählte die Nummer, ließ mich von der Vermittlung verbinden – und dann hörte ich Cramers Stimme.

»Hallo! Hallo, Goodwin! Haben Sie etwas für mich?«

»Einen Augenblick, Inspektor. Mr. Wolfe möchte Sie sprechen.«

Wolfe hob den Hörer seines Apparates ab. Dabei sagte er zu Helen Frost: »Ich stelle es Ihnen frei, ob Sie sich von Mr. Goodwin ins Präsidium fahren oder ob Sie sich hier von Mr. Cramers Beamten abholen lassen wollen.«

»Nein«, rief sie mit erstickter Stimme. »Nein ...«

Mit zitternder Hand ergriff sie den Füllhalter, kreuzte den zweiten Absatz an und setzte ihre Unterschrift darunter.

»Hallo, Mr. Cramer, ich wollte nur einmal nachfragen, ob Sie irgendein Resultat zu verzeichnen haben ... Aha – nein, das möchte ich nicht sagen ... Nein, Sie kennen ja meine Diskretion in derartigen Angelegenheiten ... Nein, das müssen Sie mir schon überlassen ...«

Als Wolfe den Hörer auflegte, sah Helen Frost ihn an. Er warf einen flüchtigen Blick auf das Dokument, klingelte nach Bier und lehnte sich in seinem Sessel zurück.

»So, Miß Frost. Sie haben also zugegeben, daß Sie eine Information über diesen Mordfall besitzen, die Sie bisher für sich behalten haben. Wissen Sie eigentlich, wie der Verstand eines Polizeibeamten arbeitet? Jemand, der eine solche Information geheimhält, ist in seinen Augen stets schuldig. Haben Sie die Pralinen eigentlich vergiftet?«

»Nein«, erwiderte sie mit bewundernswerter Ruhe.

»Wissen Sie, wer es getan hat?«

»Nein.«

»Sind Sie verlobt?«

»Das ist meine Privatangelegenheit.«

»Nun«, sagte Wolfe geduldig, »ich werde Ihnen wohl viele Fragen über Dinge stellen müssen, die Sie als Ihre Privatangelegenheit betrachten, Miß Frost. Ihre Zurückhaltung in Ehren, aber damit kommen wir nicht weiter. Warum wollen Sie denn meine Frage nicht beantworten? Ich habe Ihnen bereits einmal angedroht, Sie der Polizei zu übergeben. Also – sind Sie verlobt?«

Sie ballte die Hände im Schoß – und sie wirkte jetzt viel kleiner als zuvor. Ihre Augen wurden feucht, und dann lief langsam eine Träne an ihrer Wange hinunter.

»Sie – Sie – Untier«, stammelte sie.

Wolfe nickte.

»Ja, ich weiß. Ich vernehme eine Frau nur, wenn es unumgänglich ist, denn ich mache mir nichts aus einem hysterischen Anfall. Trocknen Sie Ihre Augen.« Dann seufzte er und fragte wieder: »Sind Sie verlobt?«

»Nein!« rief sie trotzig.

»Haben Sie den Diamantring, den Sie am Finger tragen, selbst gekauft?«

Sie schaute unwillkürlich auf den Ring hinunter.

»Nein.«

»Wer hat ihn Ihnen geschenkt?«

»Mr. McNair.«

»Erstaunlich. Ich hätte nie gedacht, daß Sie sich etwas aus Diamanten machen.« Wolfe öffnete eine Bierflasche und schenkte sich ein. Er trank das Glas leer. »Haben Sie Diamanten gern?«

»Nein.«

»Hat Mr. McNair sie gern? Verschenkt er sie laufend?«

»Nicht, daß ich wüßte.«

»Sie tragen diesen Diamanten also aus Respekt vor Mr. McNair? Sie betrachten Mr. McNair als alten Freund?«

»Ja.«

»Aha. Nun, ich weiß recht wenig von Mr. McNair. Ist er eigentlich verheiratet?«

»Ich habe Ihnen bereits gesagt, daß er ein alter Freund meiner Mutter ist. Er hatte eine Tochter in meinem Alter; sie ist mit zwei Jahren gestorben. Ihre Mutter ist bei der

Geburt gestorben. Mr. McNair ist der beste Mann, den ich je kennengelernt habe – und er ist der beste Freund, den ich mir wünschen könnte.«

»Und dennoch schenkt er Ihnen Diamanten, obwohl Sie sie nicht mögen. Entschuldigen Sie bitte, wenn ich immer wieder auf Diamanten zurückkomme, aber ich kann sie nun einmal nicht ausstehen. Kennen Sie noch jemanden, der gern Jordanmandeln ißt?«

»Noch jemanden?«

»Außer Mr. McNair.«

»Nein.«

»Wissen Sie eigentlich, Miß Frost, daß Sie sich eine ungeheuere Verantwortung auf die Schultern geladen haben? Molly Lauck ist vor neun Tagen gestorben; sehr wahrscheinlich ist das Gift gar nicht für sie bestimmt gewesen. Mit Ihrer Aussage könnten Sie unter Umständen ein Leben retten. Ich weiß, daß Sie egoistisch sind, aber Sie sollten doch einmal über diese Verantwortung nachdenken.«

Sie sah zu, wie er sein Glas austrank, und dann erwiderte sie: »Ich bin nicht egoistisch, und ich habe bereits darüber nachgedacht.«

»Na schön. Ich habe Mr. Dudley Frosts Worten entnommen, daß Ihr Vater verstorben ist und daß er zum Verwalter Ihres Vermögens eingesetzt worden ist.«

»Mein Vater starb, als ich ein paar Monate alt war; ich bin also ohne Vater aufgewachsen. Das heißt . . .«

»Ja?«

»Nichts. Gar nichts.«

»Und wie groß ist Ihr Vermögen?«

»Ich habe es von meinem Vater geerbt.«

»Ja, ja. Und wie groß ist es?«

Sie zog die Augenbrauen hoch.

»Es ist mir von meinem Vater vermacht worden.«

»Ach, kommen Sie doch, Miß Frost! Derartige Dinge

sind doch heute kein Geheimnis mehr. Wie groß ist Ihr Vermögen?«

»Meines Wissens sind es etwas über zwei Millionen Dollar.«

»Soso. Ist das Vermögen in Ordnung?«

»Gewiß. Weshalb sollte es nicht in Ordnung sein?«

»Das weiß ich nicht. Jedenfalls hat Ihr Onkel mir gestern erklärt, daß Ihre Mutter nicht einen einzigen Cent besitzt. Das heißt also, daß das gesamte Vermögen Ihres Vaters auf Sie übergegangen ist, nicht wahr?«

Sie errötete.

»Ja. Ich habe keine Geschwister.«

»Und dieses Vermögen gehört Ihnen, sobald ... Entschuldigen Sie bitte. Archie!«

Das Telefon hatte geläutet; ich hob den Hörer ab und meldete mich. Ich erkannte ihre Stimme, ehe sie noch ihren Namen nannte, und ich wandte mich an Miß Frost.

»Ihre Mutter möchte Sie sprechen.« Dabei reichte ich ihr den Hörer.

»Ja, Mutter ... Ja ... Nein – nun, du darfst die Umstände nicht vergessen ... Nein, Onkel Boyd war noch nicht vom Essen zurückgekehrt, und deshalb habe ich Mrs. Lamont Bescheid gesagt ... Nein, Mutter – das ist doch lächerlich. Schließlich bin ich alt genug, um zu wissen, was ich tue ... Ja, mach dir keine Sorgen ... Nein – auf Wiederhören!«

Als sie zu ihrem Platz zurückkehrte, fragte Wolfe verständnisvoll: »Sie haben es wohl gar nicht gern, daß sich alle so um Sie sorgen, wie? Nun, wir haben gerade von Ihrem Vermögen gesprochen, das Sie vermutlich an Ihrem einundzwanzigsten Geburtstag, am siebenten Mai, erhalten werden, nicht wahr?«

»Ja, so wird es wohl sein.«

»Bis dahin sind es noch fünf Wochen. Zwei Millionen

Dollar – wieder eine schwere Verantwortung für Sie! Werden Sie weiterhin arbeiten?«

»Das weiß ich nicht.«

»Warum haben Sie denn überhaupt gearbeitet? Doch sicher nicht, um Geld zu verdienen, wie?«

»Natürlich nicht. Ich arbeite, weil mir der Beruf Spaß macht. Es hat sich gerade so ergeben, daß Onkel Boyd – Mr. McNair – eine Stellung frei hatte, die ich ausfüllen konnte.«

»Wie lange . . . Verwünscht! Entschuldigen Sie, bitte.«

Wieder läutete das Telefon, und als ich den Hörer abhob und mich meldete, drang eine Männerstimme an mein Ohr, die ich ebenfalls sofort erkannte.

»Hallo! Ich möchte Nero Wolfe sprechen!«

Ich erwiderte scharf: »Bellen Sie gefälligst nicht so in den Apparat. Mr. Wolfe ist zur Zeit beschäftigt. Hier spricht sein Privatsekretär Goodwin.«

»Hier spricht Mr. Dudley Frost! Es ist mir vollkommen gleich, ob Wolfe im Augenblick beschäftigt ist. Ich möchte ihn auf der Stelle sprechen! Ist meine Nichte dort? Lassen Sie mich sofort mit ihr sprechen – aber zuerst mit Wolfe!«

»Hören Sie einmal«, knurrte ich, »wenn Sie Ihren Lautsprecher nicht abstellen, dann werde ich ganz einfach auflegen. Mr. Wolfe unterhält sich zur Zeit mit Miß Frost – und ich darf mich auf keinen Fall einschalten. Wenn ich ihm irgend etwas ausrichten soll . . .«

»Ich bestehe darauf, ihn auf der Stelle zu sprechen!«

»Und ich habe Ihnen bereits erklärt, daß das nicht geht. Seien Sie doch nicht so kindisch!«

»Ich werde Ihnen schon zeigen, wer kindisch ist! Sagen Sie Wolfe, daß meine Nichte unter meinem Schutz steht. Ich werde ihn verhaften lassen. Sie ist noch nicht volljährig, und ich werde . . .«

»Jetzt hören Sie einmal zu, Mr. Frost! Ich möchte Ihnen

vorschlagen, die Verhaftung von Inspektor Cramer vornehmen zu lassen, denn er war schon so oft hier, daß er den Weg sogar im Schlaf findet. Wenn Sie noch einmal anrufen sollten, dann komme ich zu Ihnen und werde Ihnen Ihre schiefe Nase gerade biegen, darauf können Sie Gift nehmen!«

Ich legte den Hörer auf und ergriff meinen Schreibblock.

»War das mein Vetter?« fragte Helen Frost.

»Nein, Ihr Onkel. Ihr Vetter wird nicht lange auf sich warten lassen.«

Meine Ahnung sollte mich nicht trügen.

Helen öffnete den Mund zu einer weiteren Frage, aber dann überlegte sie es sich anders und schwieg.

»Ich habe Sie vorhin gefragt, wie lange Sie bereits in dieser Stellung arbeiten«, sagte Wolfe.

»Seit annähernd zwei Jahren.« Sie beugte sich ein wenig vor. »Wie lange wollen Sie eigentlich noch mit Ihren Fragen fortfahren?«

»Ich trage lediglich die erforderlichen Informationen zusammen, und das ist meine Aufgabe.« Wolfe warf einen Blick auf die Uhr. »Es ist jetzt 15.15 Uhr; um 16 Uhr werde ich Sie bitten, mich zu meinen Pflanzen hinaufzubegleiten. Ich bin überzeugt, daß meine Orchideen Ihren Gefallen finden werden. Ich denke, daß wir mit unserer Unterredung bis um 18 Uhr fertig sind. Ich habe die Absicht, Mr. McNair heute abend zu mir zu bitten. Werden Sie eigentlich morgen wieder im Geschäft sein?«

»Gewiß, ich bin dort immer zu erreichen ... Aber halt! Morgen ist dort ja geschlossen!«

»Geschlossen? Morgen, am Donnerstag, dem zweiten April?«

»Ja, am zweiten April. An diesem Tag ist nämlich Mr. McNairs Frau gestorben.«

»Aha! Geht er da auf den Friedhof?«

»O nein! Seine Frau ist doch in Europa, in Paris, gestorben. Mr. McNair stammt aus Schottland; er ist erst vor zwölf Jahren in dieses Land gekommen – kurze Zeit nachdem meine Mutter und ich herkamen.«

»Dann haben Sie also Ihre Jugend teilweise in Europa verbracht?«

»Ja, die ersten acht Jahre meines Lebens. Ich bin in Paris geboren, aber meine Eltern waren Amerikaner.« Sie warf den Kopf in den Nacken. »Ich bin ein amerikanisches Mädchen!«

»Zweifellos!« Fritz brachte weitere Bierflaschen herein, und Wolfe schenkte sich ein. »Im Gedenken an seine Frau schließt Mr. McNair also jedes Jahr am zweiten April das Geschäft. Nun, dann werden Sie morgen also nicht dort sein.«

»Nein, aber ich werde bei Mr. McNair sein. Er hat mich früher darum gebeten, diesen Tag mit ihm zu verbringen, und so haben wir es bisher stets gehalten. Ich habe Ihnen ja bereits gesagt, daß ich etwa so alt bin, wie es seine Tochter jetzt wäre. Natürlich kann ich mich nicht an sie erinnern, denn damals bin ich noch zu jung gewesen.«

»Hm. Als Ersatz für seine Tochter verbringen Sie also diesen Tag bei ihm. Nun, vermutlich ist es Ihnen bekannt, daß Mr. Llewellyn Frost Sie gar nicht gern in Ihrer jetzigen Stellung sieht, wie?«

»Das mag schon sein, aber das ist schließlich seine Angelegenheit, nicht wahr?«

»Gewiß, aber da er jetzt mein Klient ist, ist es auch meine Angelegenheit – oder haben Sie vergessen, daß er mich mit der Lösung dieses Falles beauftragt hat?«

»Nein«, sagte sie verächtlich. »Ich habe keine Lust, mich mit Ihnen über meinen Vetter Lew zu unterhalten. Ich weiß, daß er es gut mit mir meint.«

Wolfe seufzte.

Ich hielt den Bleistift in der Hand und betrachtete Helen Frosts wohlgeformte Beine.

Die Türglocke schrillte, und ich hörte, wie Fritz an die Haustür ging. Ich dachte daran, daß dies Mr. Dudley Frost sein könnte, und ich nahm mir vor, meine Drohung über seine schiefe Nase wahrzumachen. Auf keinen Fall war ich gewillt, ihm noch weitere Proben aus unserer Flasche Old Corcoran zu geben.

Es war jedoch sein Sohn, unser Klient. Fritz Brenner kündigte den Besucher an, und als Wolfe ihm zunickte, führte er ihn herein. In Llewellyn Frosts Begleitung befand sich ein kleiner, dicklicher Mann, der etwa so alt war wie Lew Frost selbst.

Lew Frost ging sofort auf seine Base zu und sagte: »Helen, das hättest du nicht tun sollen.«

»Warum, um alles in der Welt, bist du denn hergekommen, Lew? Außerdem ist es deine Schuld, daß ich jetzt hier bin.« Sie schaute auf den Dicken. »Sie sind auch mitgekommen, Bennie?«

Lew Frost wandte sich an Wolfe.

»Was, zum Teufel, haben Sie denn nun schon wieder vor? Glauben Sie, daß Ihnen das durchgeht?«

Sein dicker Freund umklammerte hastig seinen Arm. »Immer mit der Ruhe, Lew. Stelle mich doch erst einmal vor.«

Unser Klient riß sich sichtlich zusammen.

»Na schön – das ist also Nero Wolfe.« Er blickte Wolfe an. »Und dies ist mein Anwalt, Mr. Benjamin Leach. Versuchen Sie einmal, mit Ihren Tricks bei ihm durchzukommen.«

Wolfe machte eine knappe Verbeugung.

»Hallo, Mr. Leach. Mr. Frost, meinen Sie nicht auch, daß Sie die ganze Sache unnötigerweise komplizieren? Zuerst geben Sie mir einen Auftrag, und nun haben Sie Ihrer ganzen Haltung nach Mr. Leach engagiert, um mich an der Durchführung dieses Auftrages zu hindern. Wenn Sie so weitermachen ...«

»Nein, wir wollen Sie nicht an der Durchführung Ihres Auftrages hindern.« Die Stimme des Anwalts klang freundlich und zuvorkommend. »Wissen Sie, Mr. Wolfe, ich bin ein alter Freund von Lew. Er ist ein ziemlicher Hitzkopf. Da er mir etwas über die – äh – recht ungewöhnlichen Umstände dieses Falles erzählt hat, fand ich es ratsam, bei Ihrer Unterredung mit Miß Frost zugegen zu sein.« Er lächelte höflich. »An sich wäre es doch richtiger gewesen, wenn Sie uns gleich hergebeten hätten, nicht wahr? Damit sind wir wenigstens zwei gegen zwei.«

Wolfe schnitt eine Grimasse.

»Sie reden, Sir, als wären wir zwei feindliche Armeen, die sich auf dem Schlachtfeld gegenüberstehen. Das ist natürlich verständlich, wenn man bedenkt, daß böses Blut und Streit für einen Anwalt genau das sind, was einem Dentisten ein Zahn bedeutet.«

Es wurde an die Tür geklopft. Fritz kam mit einem kleinen Silbertablett herein, machte eine vorschriftsmäßige Verbeugung und reichte Wolfe das Tablett.

Wolfe warf einen Blick auf die Visitenkarte und sagte: »Noch immer nicht der Richtige. Na, schick ihn ruhig herein.«

Der neue Besucher kam herein, und beim Anblick seiner dünnen, messerscharfen Nase, seiner dunklen, stechenden Augen und des pomadisierten Haares mußte ich mir ein Grinsen verkneifen. Ich stand auf und sagte: »Nehmen Sie bitte hier Platz, Mr. Gebert.«

Lew Frost knurrte: »Sie? Was, zum Teufel, wollen Sie denn hier?«

Wolfe rief scharf: »Mr. Frost! Sie befinden sich hier in meinem Büro!«

Der kleine, dicke Anwalt umklammerte wieder den

Arm unseres Klienten, der ja schließlich auch sein Klient war.

Perren Gebert nahm gar keine Notiz von ihm. Er verbeugte sich vor Wolfe und sagte: »Mr. Wolfe? Gestatten Sie, bitte.« Er wandte sich um und verbeugte sich vor Helen Frost; diesmal wandte er jedoch eine ganz andere Technik an. »Da bist du also! Oh, du hast ja geweint! Ist etwas nicht in Ordnung?«

»Um Himmels willen, Perren – warum bist du denn hergekommen?«

»Ich wollte dich heimbegleiten.« Gebert wandte sich um und richtete den Blick seiner stechenden Augen auf Wolfe. »Wenn Sie gestatten, Sir – ich bin gekommen, um Miß Frost heimzubegleiten.«

»In der Tat«, meinte Wolfe. »In offizieller Eigenschaft?«

Gebert zwang sich zu einem Lächeln. »Halboffiziell. Wie soll ich es Ihnen sagen? Miß Frost ist fast meine Verlobte.«

»Perren! Das stimmt doch gar nicht! Ich habe dich ausdrücklich gebeten, so etwas nicht zu sagen!«

»Ich habe doch nur ›fast‹ gesagt, Helen. Insgeheim hoffe ich natürlich . . .«

»Dann sage es jetzt nicht mehr! Weshalb bist du eigentlich hergekommen?«

Gebert verbeugte sich wieder.

»Um der Wahrheit die Ehre zu geben – deine Mutter hat es vorgeschlagen.«

»Oh!« Miß Frost schaute betroffen auf ihre drei Beschützer. »Vermutlich hat sie es euch auch vorgeschlagen, Lew und Bennie, nicht wahr?«

»Aber Helen!« Der Anwalt versuchte seiner Stimme einen überzeugenden Klang zu verleihen. »Ich bin doch nur mitgekommen, um Lew zu begleiten. Mir scheint, wenn wir diese ganze Angelegenheit in Ruhe besprechen ...«

Das Telefon läutete, und ich hob den Hörer ab. Mir schien, daß es diesmal der Richtige war. Ich bat den Anrufer um einen Augenblick Geduld, bedeckte den Hörer mit der Hand, nahm ein Stück Papier und schrieb: *McN möchte uns besuchen!*

Wolfe nahm den Zettel entgegen, warf einen flüchtigen Blick darauf, schob ihn in die Tasche und sagte leise: »Danke sehr, Archie. Sagen Sie Mr. Brown, er möchte noch einmal in einer Viertelstunde anrufen.«

Als ich den Hörer auflegte, stand Wolfe auf, streifte alle Anwesenden mit einem Blick und sagte: »Es ist annähernd 16 Uhr, und ich muß Sie jetzt verlassen. Miß Frost hat freundlicherweise meine Einladung angenommen und wird mich zu meinen Orchideen begleiten. Wir haben ein kleines Abkommen geschlossen, und ich darf Ihnen wohl sagen, daß ich kein Drache bin. Sie, meine Herren, können jetzt gehen – und wenn Miß Frost Sie begleiten möchte, dann steht ihr das vollkommen frei. Miß Frost?«

Sie stand auf und erwiderte mit fester Stimme: »Ich möchte mir die Orchideen ansehen.«

Alle begannen auf sie einzureden. Sie schaute die drei Männer an und sagte tapfer: »Um Himmels willen, hört doch endlich auf! Haltet ihr mich denn immer noch für ein hilfloses kleines Mädchen?«

In Wolfes Begleitung verließ sie den Raum.

Es dauerte einige Minuten, bis ich meine Besucher zum Verlassen des Hauses bewegen konnte, und als sie endlich gegangen waren, schaltete ich die Hausverbindung zur Dachplantage ein und sagte zu Nero Wolfe: »Jetzt ist es wieder ruhig hier unten.«

»Gut«, sagte er. »Miß Frost bewundert gerade die Orchideen im Mittelraum. Wenn Mr. McNair anruft, dann sagen Sie ihm, daß ich ihn um 18 Uhr empfangen werde – und wenn er darauf besteht, früher zu kommen, dann müssen Sie ihm eben bis dahin Gesellschaft leisten. Ich werde Miß Frost um 18 Uhr heimschicken.«

»In Ordnung.«

Ich legte den Hörer auf und wartete auf McNairs Anruf.

8

Zwei Stunden später, um 18 Uhr, saß ich hinter meiner Schreibmaschine und hämmerte auf die Tasten, während das Radio in voller Lautstärke lief.

McNair saß seit annähernd einer Stunde auf dem Besucherstuhl. Er hatte seine Aspirintabletten mitgebracht und in der Zwischenzeit bereits zwei Tabletten geschluckt. Er hatte sich strikt geweigert, einen Drink anzunehmen, obgleich es ihm anzusehen war, daß er ihn gut gebrauchen konnte.

Das Hämmern auf den Tasten und die volle Lautstärke des Radios sollten verhindern, daß McNair es merkte, wie Wolfe Miß Frost zu dem Taxi begleitete, das Fritz vor wenigen Minuten telefonisch bestellt hatte.

Endlich kam Wolfe ins Büro, und ich schaltete das Radio aus. McNair schaute sich um.

»Wo ist Miß Frost?« fragte er.

»Es tut mir leid, daß ich Sie warten lassen mußte, Mr. McNair. Miß Frost ist heimgefahren.«

»Was? Heimgefahren? Das glaube ich nicht. Wer hat sie denn heimgebracht? Gebert und Lew sind hier gewesen . . .«

»Gewiß.« Wolfe deutete mit dem Zeigefinger auf ihn. »Ich kann Ihnen nur sagen, daß dieser Raum heute nachmittag von einigen Idioten aufgesucht worden ist – und ich möchte endlich einmal wieder eine vernünftige Unterhaltung führen. Ich habe Miß Frost persönlich vor wenigen Minuten zum Taxi begleitet; und sie ist heimgefahren.«

»Vor wenigen Minuten ... Aber ich bin doch hier gewesen! Sie haben gewußt, daß ich sie sprechen wollte!«

»Ja, ich weiß, daß Sie sie sprechen wollten, und das wollte ich verhindern. Sie sollten Miß Frost nicht sehen, bis ich Sie gesprochen hatte. Gewiß, es war ein Trick, aber ich habe schließlich ein Recht zu solchen Manipulationen. Wie steht es denn nun mit Ihren Tricks und mit Ihren unverschämten Lügen, die Sie der Polizei seit der Ermordung von Miß Lauck erzählt haben? Nun, Mr. McNair? Antworten Sie doch!«

Nach einer ganzen Weile sagte er mit lebloser Stimme: »Ich weiß gar nicht, wovon Sie reden.«

»Natürlich wissen Sie das! Ich spreche von der Schachtel, die die vergifteten Pralinen enthielt. Ich weiß jetzt, woher Miß Frost den Inhalt der Schachtel kannte. Sie haben der Polizei vorsätzlich die entsprechenden Tatsachen dieses Mordfalles vorenthalten, Mr. McNair. Ich habe eine von Miß Frost unterschriebene Aussage, und wenn ich damit zur Polizei gehe, dann landen Sie in einer Zelle. Zur Zeit habe ich nicht diese Absicht, denn ich möchte mir ja das Honorar verdienen. Wenn Sie die Pralinen vergiftet haben, dann kann ich Ihnen nur den guten Rat geben, dieses Haus sofort zu verlassen und mir in Zukunft aus dem Wege zu gehen – wenn Sie sie aber nicht vergiftet haben, dann kommen Sie endlich zur Sache, und halten Sie sich an die Wahrheit.«

McNairs linke Schulter begann zu zucken, und es war ihm anzusehen, daß er mit seinen Nerven am Ende war. Sein Blick fiel auf das leere Wasserglas auf Wolfes Schreibtisch. Er wandte sich an mich und fragte, als würde es sich um einen großen Gefallen handeln: »Könnte ich bitte ein Glas Wasser haben?«

Als ich mit dem Wasser zurückkehrte, sagte McNair: »Ich glaube, jetzt muß ich mich zu einem Entschluß durchringen, denn das habe ich nicht erwartet.« Er wischte sich wieder den Schweiß von der Stirn. »Großer Gott – ich bin doch wirklich der größte Narr aller Zeiten, und ich habe mein ganzes Leben ruiniert!« Seine Schulter zuckte wieder. »Es hätte wenig Wert, mit der Sache zur Polizei zu gehen, Mr. Wolfe, denn ich habe die Pralinen nicht vergiftet.«

»Sprechen Sie weiter.«

McNair nickte.

»Nach dem, wie Sie Helen gestern früh in die Falle gelockt haben, kann ich ihr keinen Vorwurf machen, daß sie Ihnen alles gesagt hat – und ich weiß auch, daß sie Ihnen in jedem Fall die Wahrheit gesagt hat. Ich habe die Pralinen nicht vergiftet. Als ich an jenem Tag um 12 Uhr in mein Büro hinaufging, um den Zuschauern für eine Weile zu entgehen, fand ich die Schachtel auf meinem Schreibtisch vor. Ich öffnete sie und schaute hinein, aber ich nahm keine Praline, weil ich scheußliche Kopfschmerzen hatte. Als Helen ein paar Minuten später hereinkam, bot ich ihr die Schachtel an, aber zum Glück nahm auch sie keine Praline, weil die Schachtel keine Karamellen enthielt. Ich ließ die Schachtel auf meinem Schreibtisch liegen und ging wieder hinunter. Höchstwahrscheinlich hat Molly sie dort gefunden und mitgenommen, denn in solchen Späßen ist sie immer groß gewesen.«

Als er innehielt, fragte Wolfe: »Was haben Sie mit dem Papier gemacht, in das die Schachtel eingewickelt war?«

»Sie war überhaupt nicht eingewickelt.«

»Wer hat die Schachtel auf Ihren Schreibtisch gelegt?«

»Das weiß ich nicht; etwa fünfundzwanzig bis dreißig Personen sind in dem Raum gewesen. Ich habe ihnen um 11.30 Uhr ein neues Modell gezeigt, das noch nicht für die Öffentlichkeit bestimmt war.«

»Und wer, glauben Sie, hat die Schachtel dort hingelegt?«

»Ich habe nicht die geringste Ahnung.«

»Wer könnte den Wunsch haben, Sie umzubringen?«

»Niemand. Ich bin davon überzeugt, daß die Schachtel für jemand anderes bestimmt und nur durch einen Irrtum auf meinen Schreibtisch gekommen war. Außerdem brauchen wir nicht zu vermuten . . .«

»Ich stelle keine Vermutungen an«, brummte Wolfe. »Überlegen Sie doch nur einmal, was Sie mir da soeben erzählt haben: Sie haben die Schachtel auf Ihrem Schreibtisch gefunden. Sie haben nicht den geringsten Verdacht, wer sie dort hingelegt haben könnte. Sie sind davon überzeugt, daß die Schachtel nicht für Sie bestimmt war – aber Sie wissen nicht, für wen sie bestimmt gewesen sein könnte, und dennoch haben Sie das Vorhandensein der Schachtel auf Ihrem Schreibtisch geflissentlich für sich behalten, als Sie von der Polizei vernommen wurden. Einen solchen Unsinn habe ich in meinem ganzen Leben noch nicht gehört.« Wolfe seufzte tief. »Ich muß mir jetzt Bier kommen lassen, denn ich glaube, hier wird meine Geduld auf eine außerordentlich harte Probe gestellt. Möchten Sie auch ein Glas Bier?«

McNair nahm gar keine Notiz von dieser Einladung.

»Mr. Wolfe, ich habe bereits zugegeben, daß ich mich wie ein Narr benommen habe. In manchen Dingen bin ich recht schwach, aber dafür habe ich einen dicken Schädel.« Er beugte sich ein wenig vor, und seine Stimme klang jetzt gepreßt: »Was ich Ihnen eben über die Pralinenschachtel gesagt habe, werde ich bis zu meinem Ende wiederholen.«

»In der Tat.« Wolfe betrachtete ihn. »Immerhin dürfen Sie nicht vergessen, daß ich mit meinen Angaben bald zur Polizei gehen muß, wenn ich nicht weiterkomme – das schulde ich Mr. Cramer, der mir seine Zusammenarbeit angeboten hat. Wenn Sie an Ihrer lächerlichen Geschichte festhalten, dann wird die Polizei Sie für schuldig halten. Wenn es ganz dumm kommt, werden Sie sogar auf dem elektrischen Stuhl landen – und dann nützt Ihnen Ihr sogenannter Dickschädel gar nichts mehr.«

»Meinen Sie denn, ich wüßte nicht, was ich tue? Meine Nerven sind zum Teufel, aber ich weiß, was ich tue. Ich habe Ihnen gegenüber praktisch zugegeben, daß meine Angaben über die Pralinenschachtel nicht der Wahrheit entsprechen – und trotzdem werde ich daran festhalten. Ich möchte Sie um einen großen, überaus wichtigen Gefallen bitten. Es stimmt, daß ich hergekommen bin, um Helen sprechen zu können, aber ich bin auch gekommen, um Sie um einen Gefallen zu bitten. Ich möchte, daß Sie ein Legat in meinem Testament annehmen.«

Wolfe war nicht so leicht zu überraschen und aus der Ruhe zu bringen, aber diesmal verschlug es ihm doch den Atem. Es hörte sich tatsächlich ganz so an, als wollte McNair Nero Wolfe bestechen – und das war eine so neuartige Idee, daß ich den Mann unwillkürlich bewundern mußte.

»Ich möchte Ihnen eine Verantwortung vermachen«, fuhr McNair fort. »Es ist ein – ein kleiner Gegenstand und eine Verantwortung. Es ist wirklich erstaunlich, daß ich gerade Sie darum bitten muß. Ich lebe jetzt seit zwölf Jahren in New York, und erst vor wenigen Tagen ist es mir zum Bewußtsein gekommen, daß ich hier keinen verläßlichen Freund habe. Als ich heute beim Notar eine solche Person nennen mußte, da habe ich sofort an Sie gedacht, denn Sie scheinen mir der Mann zu sein, der gebraucht wird, falls ich sterbe. Es muß ein Mann mit starken Nerven sein, der sich so leicht nichts vormachen läßt und der durch und durch ehrlich ist.«

McNair beugte sich vor; seine Hände umklammerten

die Kante von Wolfes Schreibtisch, und seine Schulter zuckte wieder.

»Ich habe die erforderlichen Maßnahmen ergriffen, daß Sie dafür bezahlt werden. Meine Vermögensverhältnisse sind geregelt, und mein Geschäft wirft ein gutes Einkommen ab. Für Sie wird das alles nichts sein als eine neue Aufgabe – aber für mich ist es noch über meinen Tod hinaus sehr wichtig. Natürlich brauche ich dazu noch Ihre Einwilligung, und wenn ich sie bekomme, dann habe ich nichts mehr zu befürchten.«

»Sie spielen also mit dem Gedanken an Ihren Tod, Mr. McNair?« fragte Wolfe.

»Ich rechne mit allem.«

»Anscheinend arbeitet Ihr Verstand nicht mehr zusammenhängend. Ihre Haltung in bezug auf die vergifteten Pralinen wird immer unverständlicher. Offensichtlich ...«

McNair fiel ihm ins Wort: »Ich habe Sie in meinem Testament genannt. Wollen Sie es annehmen?«

»Gestatten Sie bitte.« Wolfe deutete mit dem Zeigefinger auf ihn. »Offensichtlich ist Ihnen bekannt, wer die Pralinen vergiftet hat und für wen sie bestimmt waren. Sie fürchten, daß die betreffende Person einen weiteren Versuch unternehmen und diesmal dabei mehr Erfolg haben wird. Möglicherweise schweben auch andere Personen in Gefahr – aber anstatt mir über die ganze Sache reinen Wein einzuschenken, sitzen Sie da und prahlen mit Ihrem Dickschädel. Darüber hinaus verlangen Sie von mir, daß ich einen Auftrag annehmen soll, von dem ich nicht die geringste Ahnung habe. Nein, gestatten Sie – entweder stimmen Ihre Angaben, oder Sie sind selbst der Mörder – und in dem Fall braucht man sich über Ihre dauernden Kopfschmerzen nicht zu wundern.«

McNair sah zu, wie Wolfe sich ein Glas Bier einschenkte. »Daß Sie so zu mir sprechen – das habe ich nicht anders erwarten können«, erwiderte er. »Ich verlange keineswegs von Ihnen, daß Sie einen Ihnen unbekannten Auftrag annehmen sollen; ich bin hergekommen, um Ihnen von diesem Auftrag zu erzählen. Immerhin wäre es mir lieber, wenn Sie mir sagen könnten ...«

»Warum sollte ich das tun?« fragte Wolfe ungeduldig. »Sie brauchen nicht zu befürchten, daß Ihnen in diesem Raum etwas zustößt. Aber wenn Sie mir die Sache erzählen, dann dürfen Sie nicht vergessen, daß ich alles mitschreiben lasse und daß Sie Ihre Aussage unterschreiben müssen.«

»Nein!« McNair wurde plötzlich sehr energisch. »Ich will nicht, daß etwas mitgeschrieben wird – und ich möchte, daß dieser Mann den Raum verläßt.«

»Dann will ich nichts weiter davon hören.« Wolfe deutete mit dem Daumen auf mich. »Das ist Mr. Goodwin, mein Privatsekretär – und seine Verschwiegenheit ist über jeden Zweifel erhaben.«

McNair schaute mich an.

»Er ist noch jung, und ich kenne ihn nicht.«

»Wie Sie wünschen. Ich habe nicht die Absicht, Sie zu überreden.«

»Ja, ich weiß – das brauchen Sie gar nicht. Sie wissen, daß ich in einer Klemme stecke, aber ich will nicht, daß mitgeschrieben wird.«

»In diesem Punkt kann ich Ihnen entgegenkommen«, erwiderte Wolfe. »Mr. Goodwin soll alles mitschreiben, und wir können später entscheiden, ob die Aufzeichnung vernichtet werden soll oder nicht.«

McNair lehnte sich in seinem Stuhl zurück, schaute uns abwechselnd an und sagte unvermittelt: »Sie müssen erst etwas mehr über meine Person erfahren, um das, was ich getan habe, verstehen zu können. Ich bin 1885 in Camfirth in Schottland geboren. Meine Eltern hatten ein kleines Vermögen. Ich war kein guter Schüler, und ich war auch nie so recht gesund. Mit zweiundzwanzig Jahren ging ich nach Paris auf die Kunstakademie. Dort versuchte ich voranzukommen – aber in Wirklichkeit habe ich nur das Geld vertan, das meine Eltern mir jeden Monat schickten. Als sie kurz darauf starben, standen meine kleine Schwester und ich mit leeren Händen da. Aber darauf komme ich später noch zurück.« Er legte die Hände an die Schläfen. »Mein Kopf droht zu zerspringen.«

»Immer mit der Ruhe«, sagte Wolfe. »Das geht schon vorüber. Wahrscheinlich erzählen Sie mir jetzt etwas, was Sie schon längst jemandem hätten erzählen sollen.«

»Nein«, erwiderte McNair bitter. »Es ist etwas, was nie hätte geschehen dürfen. Ich weiß nicht, ob ich den Verstand verloren habe – aber ich muß Ihnen in jedem Fall die rote Schatulle überlassen. In Paris habe ich damals natürlich eine Menge Leute kennengelernt. Unter ihnen befand sich ein amerikanisches Mädchen namens Anne Crandall. Ich habe sie 1913 geheiratet, und wir bekamen ein Kind. Meine Frau starb am zweiten April 1915 im Wochenbett, und zwei Jahre später habe ich auch meine kleine Tochter verloren.« McNair hielt inne; er sah Wolfe an und fragte: »Haben Sie schon einmal eine Tochter gehabt?«

Wolfe schüttelte schweigend den Kopf, und McNair fuhr fort: »Unter meinen Bekannten befanden sich auch zwei wohlhabende Amerikaner: die beiden Brüder Edwin und Dudley Frost. Außerdem war da noch ein Mädchen, das ich noch von Schottland her kannte. Sie hieß Calida Buchan und war ebenfalls an der Kunstakademie. Es sah einige Zeit ganz danach aus, als wollte Dudley Calida heiraten, aber dann kam ihm plötzlich Edwin zuvor.«

McNair rieb sich wieder die Schläfen. Dann zog er die Flasche mit den Aspirintabletten hervor, schluckte zwei davon und spülte sie mit Wasser hinunter.

»Ja, Edwin und Calida heirateten also, und kurz darauf kehrte Dudley zu seinem Sohn nach Amerika zurück.

Edwin fiel 1916, und ich war inzwischen mit meiner kleinen Tochter nach Spanien gefahren, weil die Armee mich auf Grund meiner schlechten Gesundheit abgelehnt hatte ...«

Er brach unvermittelt ab. Er hatte sich vorgebeugt und seine Hände auf den Magen gepreßt, und ich sah, daß er jetzt nicht nur an Kopfschmerzen litt.

Unvermittelt sprang er vom Stuhl auf.

»Herrgott!« rief er und stützte sich auf den Schreibtisch. Er rief wieder: »Herrgott!« Und stammelte: »Die rote Schatulle – die Nummer ... Herrgott, laß es mich ihm sagen!«

Ein Stöhnen entrang sich seiner Brust, und er sackte zu Boden.

Ich kniete neben ihm und sagte: »Er atmet noch – nein, jetzt nicht mehr. Ich glaube ...«

»Verständigen Sie Dr. Vollmer und Mr. Cramer, aber geben Sie mir erst die Flasche mit den Tabletten aus seiner Tasche.«

Als ich mich dem Telefonapparat zuwandte, hörte ich Wolfe sagen: »Ich habe mich getäuscht. Der Tod hat ihn doch hier erreicht. Ich bin ein Dummkopf!«

9

Am folgenden Vormittag saß ich um 11 Uhr an meinem Schreibtisch und schob die von Wolfe unterschriebenen Schecks in die Briefumschläge. Es waren die Märzrechnungen.

McNair war beim Eintreffen von Dr. Vollmer und Inspektor Cramer längst tot gewesen. Die Flasche, die ursprünglich fünfzig Tabletten und jetzt noch vierzehn

Stück enthalten hatte, war dem Inspektor übergeben worden.

Inspektor Cramer traf kurz vor Mittag ein. Er setzte sich, streifte die Asche von seiner Zigarre, schob die Zigarre wieder in den Mund und begann: »Wissen Sie, Wolfe, mir ist gerade unterwegs eingefallen, daß ich diesmal eine ganz neuartige Entschuldigung für mein Kommen habe. Bislang bin ich stets aus den verschiedenartigsten Gründen hergekommen: um Ihnen irgendein Geheimnis zu entreißen; um Ihnen den Vorwurf zu machen, daß Sie sich der Arbeit der Polizei in den Weg stellen und dergleichen weiter – aber jetzt ist es das erstemal, daß ich hier am Tatort eines Verbrechens bin. Er hat doch sogar auf dem Stuhl gesessen, auf dem ich jetzt sitze, nicht wahr?«

Wolfe sah ihn nur grimmig an. Der Inspektor fuhr fort: »Sie kennen doch Lanzetta von der Staatsanwaltschaft, wie? Nun, er hat heute früh den Polizeichef angerufen und ihm erklärt, daß Sie wahrscheinlich wieder einmal einen Ihrer beliebten Tricks ausspielen wollten.« Er öffnete die auf seinen Knien liegende Aktentasche. »Haben Sie eigentlich in der Zwischenzeit irgendeine Inspiration gehabt?«

»Nein«, brummte Wolfe. Er deutete mit dem Finger auf die Aktentasche. »Haben Sie McNairs Papiere bei sich?«

»Nein. Das sind nur ein paar Kleinigkeiten, die wahrscheinlich keinen besonderen Wert darstellen. In erster Linie kommen natürlich die Frosts in Frage, wenn man bedenkt, wie McNair bei Ihnen mit seinem Bericht begonnen hat. Die Frosts und dieser Gebert werden zur Zeit nach allen Regeln der Kunst untersucht. Immerhin dürfen wir auch die anderen Möglichkeiten nicht außer acht lassen. Erstens käme noch Selbstmord in Frage, und zweitens wäre da diese Comtesse von Rantz-Deichen, die es in letzter Zeit auf McNair abgesehen hatte. Außerdem ...«

»Unsinn«, schnaubte Wolfe. »Ich habe keine Lust, mich von Ihren Phantastereien langweilen zu lassen, Mr. Cramer. Fahren Sie fort.«

»Nun«, brummte Cramer, »jedenfalls werde ich die Comtesse von zwei meiner Beamten überwachen lassen.« Er blätterte in den Papieren. »Da hätten wir also einmal die Flasche mit den vierzehn Aspirintabletten. Zwölf dieser Tabletten waren vollkommen in Ordnung, während die beiden restlichen nach Aussage unseres Chemikers je fünf Gramm Zyankali enthielten. Die Außenflächen der betreffenden Tabletten enthielten eine dünne Schicht Aspirin, so daß der typische Zyankaligeruch nach bitteren Mandeln in diesem Fall fehlte.«

»Und trotzdem reden Sie von Selbstmord«, sagte Wolfe.

»Ich habe es nur als vage Möglichkeit angeführt – aber wir wollen das vergessen. Im Sektionsbefund heißt es, daß nicht einwandfrei festgestellt werden kann, ob beide Tabletten, die er eingenommen hat, das Gift enthielten – aber darüber brauchen wir uns keine Sorgen zu machen. Nunmehr ergibt sich die Frage, wer diese Tabletten in die Flasche getan hat. Dieser Punkt wird immer noch von drei meiner fähigsten Beamten untersucht. Als Antwort auf diese Frage möchte ich sagen, daß viele Personen die Möglichkeit hatten, an der betreffenden Flasche zu manipulieren, denn in der vergangenen Woche hat die ganze Zeit hindurch eine Aspirinflasche auf seinem Schreibtisch gestanden, und gestern hat McNair sie beim Verlassen des Büros wahrscheinlich eingesteckt. Aus dieser Flasche fehlen sechsunddreißig Tabletten, und wenn man bedenkt, daß er durchschnittlich pro Tag zwölf Tabletten eingenommen hat, dann bedeutet das, daß er diese Flasche seit drei Tagen in Benutzung hatte – und in dieser Zeitspanne hätte eine ganze Reihe von Personen an die Flasche herankommen können.« Cramer zog ein Formular aus der Aktentasche und hielt es Wolfe hin. »Übrigens – was bedeutet das eigentlich?«

Wolfe las: »Camelot du roi – Mitglied der Royalistischen Partei von Paris.«

»Aha! Dann gehörte Gebert also zu dieser Partei. Ich habe vorhin dieses Telegramm aus Paris erhalten. Gebert wohnt jetzt seit über drei Jahren in New York, und in den Akten ist nichts über ihn bekannt. Na, jedenfalls wird alles getan, was in unseren Kräften steht: Fingerabdrücke auf der Flasche, auf McNairs Schreibtisch, der Verkauf von Zyankali und . . .«

»Pfui!« brummte Wolfe. »Wenn Sie diesen Mordfall lösen wollen, dann müssen Sie schon von Ihrer sonstigen Routine abweichen, Mr. Cramer.«

»Gewiß, der Fall wird gelöst werden – entweder von uns oder von Ihnen.« Cramer warf seinen Zigarrenstummel in den Aschenbecher und zog eine neue Zigarre aus der Tasche. »Immerhin haben wir bereits ein paar recht interessante Punkte. So wissen wir zum Beispiel, daß McNair seinem Anwalt gestern nachmittag den Auftrag erteilt hat, Ermittlungen darüber anzustellen, ob Dudley Frost in seiner Eigenschaft als Verwalter des Vermögens seiner Nichte einen Teil des Geldes vergeudet hat.« Cramer fummelte wieder mit den Papieren herum. »Der nächste Punkt dürfte für Sie besonders interessant sein. McNairs Anwalt ist ein vernünftiger Bursche, und er hat mir heute früh erklärt, daß McNair gestern bei ihm sein Testament gemacht hat. Nachdem ich ihm eröffnet hatte, daß es sich um einen Mordfall handelt, durfte ich mir sogar eine Abschrift des Testaments anfertigen. McNair hat Ihnen nichts vorgemacht, Wolfe, denn Sie sind tatsächlich im Testament aufgeführt.«

»Aber ohne meine Einwilligung.« Wolfe schenkte sich ein Glas Bier ein. »Mr. McNair ist nicht mein Klient gewesen.«

»Dann ist er es jetzt«, brummte Cramer. »Einen Toten können Sie doch nicht im Stich lassen? Ich werde Ihnen den betreffenden Paragraph des Testaments vorlesen: Nero Wolfe, wohnhaft Neunhundertachtzehn West, Fünfunddreißigste Straße in New York, vermache ich meine rote Lederschatulle nebst Inhalt. Ich habe ihn über den Aufbewahrungsort der Schatulle unterrichtet, und er soll mit dem Inhalt ganz nach Belieben verfahren. Hierzu betone ich ausdrücklich, daß sein entsprechendes Honorar, soweit es sich in vernünftigen Grenzen bewegt, prompt von meiner Hinterlassenschaft ausgezahlt werden soll.« Cramer hustete. »Na, und damit dürfte er jetzt wohl Ihr Klient sein, wie?«

»Ich habe meine Einwilligung nicht gegeben. Außerdem möchte ich mir dazu zwei Bemerkungen gestatten: Erstens fällt mir der sprichwörtliche Geiz des Schotten auf. Beim Abfassen dieses Testaments war McNair der Verzweiflung nahe; er hat mir ausdrücklich erklärt, daß die Durchführung seines mir erteilten Auftrages seinen Seelenfrieden herbeiführen würde – und trotzdem hat er in seinem Testament angeführt, daß mein Honorar sich in vernünftigen Grenzen bewegen müsse.« Wolfe seufzte. »Anscheinend war das ebenfalls für seinen Seelenfrieden erforderlich. Zweitens hat er mich in eine verteufelte Situation gebracht. Wo ist denn diese rote Schatulle?«

Cramer sagte: »Das möchte ich auch wissen.«

»Was soll das heißen, Sir?« fragte Wolfe.

»Ich wette hundert zu eins, daß der Inhalt der roten Schatulle diesen Mordfall klärt.« Er schaute sich um. »Vielleicht liegt sie im Safe dieses Büros oder in einer Schublade von Goodwins Schreibtisch.« Er wandte sich an mich. »Darf ich einmal nachsehen, mein Junge?«

Ich grinste ihn an. »Das ist gar nicht erforderlich, denn die Schatulle steckt in meinem Schuh.«

»Mr. Cramer«, sagte Wolfe, »ich habe Ihnen bereits

gestern abend erklärt, wie weit McNair mit seinen Ausführungen gekommen ist. Besitzen Sie etwa die Unverschämtheit ...«

»Jetzt hören Sie einmal zu!« Cramers Stimme war plötzlich laut und schneidend. »Ich habe es gar nicht nötig, unverschämt zu sein. Dazu haben Sie schon zu oft die beleidigte Unschuld gespielt. Außerdem möchte ich Sie daran erinnern, daß McNair in seinem Testament ausdrücklich erklärt hat, Sie über den Aufbewahrungsort der Schatulle unterrichtet zu haben – und zwar hat er sich dabei definitiv der Vergangenheitsform bedient. Sie haben McNair ja bereits am Dienstag gesprochen, und ...«

»Unsinn! Am Dienstag hatte ich die erste kurze Besprechung mit ihm.«

»Nun, ich weiß aus Erfahrung, daß Sie bei vielen dieser ersten kurzen Besprechungen bereits sehr weit gekommen sind. Jedenfalls werde ich es diesmal nicht zulassen, vor der Tür abzuwarten, bis Sie mich hereinlassen, um mir den ganzen Krempel zu zeigen. Auf der ganzen Welt ist nicht ein Grund vorhanden, daß Sie mir jetzt nicht die rote Schatulle zeigen sollten. Ich habe keineswegs die Absicht, Sie um Ihr Honorar zu bringen; von mir aus können Sie es jederzeit einschieben. Aber ich bin der Leiter der Mordkommission von New York, und ich habe es endgültig satt, daß Sie in Ihrer Allmächtigkeit mit den vorhandenen Beweisen, Anhaltspunkten und Zeugen ganz nach Ihrem freien Ermessen verfahren. Diesmal dürfen Sie sich darauf verlassen, daß Sie damit bei mir nicht durchkommen!«

»Sagen Sie mir bitte Bescheid, wenn Sie fertig sind«, meinte Wolfe.

»Noch lange nicht!«

»Nun, dann muß ich Sie enttäuschen. Sie haben wirklich kein Glück, Mr. Cramer. Ich kann nur sagen, daß Sie den denkbar ungünstigsten Augenblick gewählt haben, Mr. McNairs rote Schatulle von mir zu fordern, und daß Sie auf diese dumme Weise versuchen, das Fort zu stürmen. Ich will gern zugeben, daß ich Ihnen zuweilen ein paar Tatsachen und Anhaltspunkte vorenthalten habe, aber Sie können in keinem Fall behaupten, daß ich Sie in irgendeiner Form bewußt angelogen habe. Im Augenblick möchte ich Ihnen nur erklären, daß ich nicht die geringste Ahnung über den Aufenthaltsort der roten Schatulle oder über ihren Inhalt habe. Deshalb möchte ich Sie bitten, hier nicht so zu schreien.«

Cramers Unterkiefer fiel herab. Es dauerte eine ganze Weile, bis er sich zu der Frage aufraffen konnte: »Meinen Sie tatsächlich, daß Sie sie nicht haben?«

»Ja.«

»Sie wissen weder, wo die Schatulle ist, noch kennen Sie den Inhalt?«

»Ja.«

»Aber warum hat McNair denn gestern bei der Abfassung seines Testaments behauptet, er hätte Sie über den Aufbewahrungsort der Schatulle unterrichtet?«

»Er hatte beabsichtigt, mich zu unterrichten.«

»Und er hat Ihnen den Aufbewahrungsort tatsächlich nicht genannt?«

»Verwünscht, Sir!« rief Wolfe. »Überlassen Sie die Wiederholungen gefälligst der Musik!«

Die Asche von Cramers Zigarre fiel auf den Teppich, aber er nahm nicht die geringste Notiz davon.

»Na, da will ich doch wirklich verdammt sein«, sagte er und ließ sich geschlagen gegen die Stuhllehne zurückfallen. »Ich habe mich so daran gewöhnt, daß Sie die Kaninchen aus Ihrem Zylinder hervorzaubern, daß ich das auch in diesem Fall erwartet habe. Nach wie vor halte ich jede Wette, daß die Lösung dieses Mordfalles in der roten Schatulle enthalten ist. Glauben Sie das nicht auch?«

»Das möchte ich annehmen; meiner Ansicht nach gibt uns der Inhalt dieser Schatulle Aufklärung darüber, wer Mr. McNair am vergangenen Montag umbringen wollte, um diese Tat dann gestern abend mit Erfolg auszuführen.« Wolfe nagte an der Unterlippe. »Noch dazu in meiner Gegenwart und in meinem eigenen Büro.«

»Ja, ja.« Cramer legte die Zigarre in den Aschenbecher. »Damit wird es für Sie nicht nur ein Fall, sondern ein Verbrechen.« Er wandte sich an mich. »Möchten Sie mich bitte mit meinem Büro verbinden?«

Ich hob den Hörer ab und stellte die gewünschte Verbindung her. Cramer nahm den Hörer.

»Burke? Hier spricht Inspektor Cramer. Schreiben Sie sich auf, daß wir Ausschau nach einer roten Lederschatulle halten müssen; ich kenne weder Aussehen noch Beschaffenheit der betreffenden Schatulle. Höchstwahrscheinlich ist sie nicht sehr groß, denn sie dürfte nur einige Dokumente oder Papiere enthalten. Die Schatulle war Eigentum von Boyden McNair. Verteilen Sie Fotos von ihm an zehn Beamte, und schicken Sie sie damit zu den einzelnen Banken. Sollten Sie dabei auf sein Bankfach stoßen, so besorgen Sie sich sofort einen Durchsuchungsbefehl vom Gericht. Rufen Sie die Beamten an, die zur Zeit McNairs Wohnung durchsuchen, und erklären Sie ihnen, daß sie ihr besonderes Augenmerk auf eine rote Schatulle richten sollen. Derjenige, der sie findet, bekommt einen Urlaubstag von mir. Lassen Sie McNairs Freunde und Bekannte nochmals vernehmen, und die betreffenden Beamten sollen sie in erster Linie nach dieser roten Schatulle befragen. Schicken Sie auch ein Telegramm an McNairs Schwester in Schottland. Ist das klar? Gut! Ich werde bald ins Büro zurückkommen.«

Als er den Hörer auflegte, sagte Wolfe: »Zehn Beamte – hundert – tausend! Na, Mr. Cramer, mit einem solchen

Aufgebot sollten Sie wirklich in der Lage sein, jeden Fall zu klären.«

Cramer sah sich wieder um. »Oh, ich glaube, ich habe meinen Hut auf dem Korridor abgelegt. Da die rote Schatulle rechtmäßig an Sie übergegangen ist, werde ich Sie natürlich beim Auffinden verständigen. Es könnte allerdings sein, daß ich mir ihren Inhalt erst einmal ein wenig anschaue, denn schließlich möchte ich ja nicht, daß Sie oder unser Freund Goodwin einem Bombenattentat zum Opfer fallen. Wollen Sie auch irgend etwas unternehmen?«

»Das dürfte wohl wenig Wert haben, da Ihre Terrier ja bereits jedes einzelne Loch untersuchen. Es tut mir leid, Sir, daß Ihr heutiger Besuch eine Enttäuschung für Sie war, aber wenn ich die rote Schatulle in die Hand bekomme, dann werde ich Sie sofort verständigen. Sind wir in diesem Fall eigentlich noch immer sogenannte Kampfgefährten?«

»Aber durchaus!«

»Gut! In dem Fall möchte ich Ihnen einen kleinen Vorschlag unterbreiten. Vergewissern Sie sich, daß alle Frosts sogleich die Bedingungen in Mr. McNairs Testament erfahren.«

»In Ordnung. Sonst noch etwas?«

»Nein. Ich möchte Ihnen lediglich raten, den Inhalt der roten Schatulle, falls Sie sie finden, nicht zu veröffentlichen, denn der Mörder ist in diesem Falle mit äußerster Vorsicht zu behandeln.«

»Aha. Sonst noch etwas?«

»Ich kann Ihnen nur noch viel Glück zu Ihren weiteren Ermittlungen wünschen.«

»Danke sehr – das kann ich bestimmt brauchen.«

Cramer verabschiedete sich, und Wolfe leistete sich eine weitere Flasche Bier.

Ich ging in die Küche hinaus und trank ein Glas Milch.

Als ich ins Büro zurückkehrte, fragte ich: »Darf ich mich vielleicht erkundigen, ob Sie die Bearbeitung des Falles an Inspektor Cramer übergeben haben – und soll ich mir alle weiteren Anweisungen von ihm holen?«

Wolfe gab keine Antwort. Ich wartete eine Weile und dann fuhr ich fort: »Nehmen wir einmal zum Beispiel diese rote Schatulle. Angenommen, Inspektor Cramer findet sie, untersucht den Inhalt und bringt auf Grund der vorhandenen Beweise den Täter zur Strecke. Damit wäre die erste Hälfte Ihres Honorars von Llewellyn Frost bereits beim Teufel, und die zweite Hälfte ist ohnehin überholt, denn die betreffende Erbin wird kaum noch im McNair-Unternehmen arbeiten. Allem Anschein nach haben Sie nicht nur die Unbequemlichkeit gehabt, McNair vor Ihren eigenen Augen sterben zu sehen, sondern Sie sind jetzt nicht einmal mehr in der Lage, jemandem eine Rechnung zu schicken. Wollen Sie denn wirklich gar nichts unternehmen?«

Wolfe gab keine Antwort, und ich fuhr fort: »Außerdem hat Cramer doch gar keinen rechtmäßigen Anspruch auf die rote Schatulle – und trotzdem wird er ihren Inhalt untersuchen, sobald er sie in die Hand bekommt.«

»Halten Sie den Mund, Archie!« Wolfe stellte das Bierglas auf den Schreibtisch. »Was Sie da reden, ist doch lauter Unsinn – oder möchten Sie sich vielleicht mit einem Revolver in der Hand Mr. Cramers ganzer Armee gegenüberstellen und die rote Schatulle auf eigene Faust aufspüren?«

Ich grinste.

»Nein, das ist doch gar nicht erforderlich. Wenn ich ein Mann mit Ihren Fähigkeiten wäre, dann würde ich jetzt nicht tatenlos dasitzen. Ich würde mich fragen, wo McNair wohl diese mysteriöse rote Schatulle verborgen haben könnte. Dann würde ich einem gewissen Archie den Auftrag geben, zu einer bestimmten Stelle zu gehen, um die rote Schatulle herzubringen. Auf diese Weise könnten Sie Cramers Leuten zuvorkommen.«

»Schon gut, Archie«, brummte Wolfe. »Im Augenblick muß ich mit den gegebenen Tatsachen rechnen, und es wäre sinnlos, sich auf die rote Schatulle zu verlassen, bevor sie überhaupt aufgefunden worden ist. Nachdem Cramers Terrier vor jedem einzelnen Loch hocken, besteht für uns keine Möglichkeit.«

In diesem Augenblick kam Fritz ins Büro und verkündete: »Mr. Llewellyn Frost möchte Sie sprechen, Sir.«

»Zum Teufel!« Wolfe seufzte. »Nun, Archie, da können wir wohl nichts dagegen machen, denn letzten Endes ist er ja unser Klient.«

Diesmal hatte Llewellyn Frost seinen Anwalt nicht mit dabei. Seine Krawatte war ein wenig verrutscht, und er bedankte sich sogar, als Nero Wolfe ihm einen Stuhl anbot. Dann schaute er uns abwechselnd an, als könne er sich nicht an den Zweck seines Besuches erinnern.

»Sie haben einen schweren Schock hinter sich, Mr. Frost; das kann ich vollkommen verstehen, denn mir geht es nicht anders. Mr. McNair hat hier auf diesem Stuhl gesessen, als er die vergiftete Tablette einnahm.«

»Ja, ich weiß, daß er hier gestorben ist.«

»Nun, es ist allgemein bekannt, daß drei Gramm Zyankali einen Mann innerhalb von drei Sekunden töten – bei Mr. McNair hat es allerdings ein wenig länger gedauert. Ich möchte Ihnen mein Beileid aussprechen, obwohl ich annehmen muß, daß Sie sich nicht gerade besonders gut mit ihm verstanden haben. Ist meine Vermutung richtig?«

»Ich habe ihn seit zwölf Jahren gekannt. Wir – wir haben uns eigentlich nie gestritten.« Er zögerte und fuhr dann fort: »Wenigstens hat es sich nicht um persönliche Angelegenheiten gedreht. Im Grunde genommen hat alles auf einem Mißverständnis beruht. Erst heute früh habe ich erfahren müssen, daß mein hauptsächlicher Vorwurf gegen ihn nicht der Wahrheit entsprochen hat. Ich habe immer gemeint, er hätte den Wunsch, daß meine Base diesen Gebert heiratet – aber jetzt weiß ich, daß das gar nicht so gewesen ist.« Er brach wieder ab und dachte nach.

»Ja, ich verstehe Ihren Standpunkt, Sir«, sagte Wolfe ungeduldig. »Es war Ihnen bekannt, daß Molly Lauck in Mr. Perren Gebert verliebt war. Es war Ihnen weiterhin bekannt, daß Mr. Gebert Ihre Base Helen heiraten wollte – und Sie waren der Ansicht, daß Mr. McNair seine Absichten unterstützte. Das ging Ihnen gegen den Strich, weil Sie mit dem Wunsch spielten, selbst Ihre Base zu heiraten.«

»Wie sind Sie denn auf diesen Gedanken gekommen?« Frosts Gesicht war gerötet. »Ich hätte sie heiraten wollen? Was für ein Dummkopf sind Sie denn eigentlich?«

»Bitte!« Wolfe zeigte mit dem Finger auf ihn. »Eigentlich sollten Sie längst erkannt haben, daß ein Detektiv stets Tatsachen feststellt – wenigstens kann man das von den meisten Detektiven sagen. Ich behaupte nach wie vor, daß Sie die Absicht hatten, Ihre Base zu heiraten; das habe ich bereits im Verlauf unserer Unterredung am Montag erfahren, und ...«

Llewellyn Frosts Gesicht war hochrot, und er rief: »Das haben Sie nicht von sich aus entdeckt, sondern Helen hat es Ihnen gesagt, als sie gestern hier war!«

»Nein, Sir – das war einer der Punkte, die ich selbst entdeckt habe. Es würde mich jetzt keineswegs überraschen zu erfahren, daß Sie bereits bei Ihrem ersten Besuch wußten, daß der Mörder von Molly Lauck nur McNair oder Mr. Gebert sein könnte.«

»Ich wußte überhaupt nichts mit Sicherheit.« Llewellyn nagte an seiner Unterlippe. »Jetzt sitze ich natürlich in der Tinte, denn diese Sache mit McNair ist wirklich scheußlich. Die Presse hat den Fall wieder aufgenommen, und auch die Polizei behelligt uns mit neuen Ermittlungen – als ob wir etwas darüber wüßten! Helen wartet draußen im Wagen. Darf ich sie hereinbringen?«

Wolfe schnitt eine säuerliche Grimasse.

»Im Augenblick kann ich gar nichts für sie tun. Vermutlich ist sie nicht in der Verfassung, um ...«

»Sie möchte Sie aber unbedingt sprechen.«

»Na schön. Holen Sie sie herein.«

Ich begleitete Lew Frost an die Haustür und sah zu, wie Helen Frost den vor dem Haus parkenden grauen Sportwagen verließ. Ihre Augen waren verschwollen, und sie machte einen bemitleidenswerten Eindruck.

Sie nickte Wolfe kurz zu, setzte sich auf den roten Besucherstuhl und schaute uns an, als hätte sie uns noch nie im Leben gesehen. Endlich fragte sie: »Hier ist er gestorben, nicht wahr?«

»Ja, Miß Frost«, sagte Wolfe. »Allerdings wird es uns nicht viel helfen, daß Sie herkommen und schaudernd auf die Stelle starren, an der Ihr bester Freund gestorben ist. Ja, er hat auf diesem Stuhl die vergifteten Tabletten geschluckt, ist dann zusammengebrochen und schließlich gestorben. Wenn er jetzt noch dort läge, dann könnten Sie ihn berühren, ohne Ihren Stuhl zu verlassen.«

Helen blickte Wolfe atemlos an, und Llewellyn Frost knurrte protestierend: »Um Himmels willen, Wolfe – glauben Sie denn ...«

Wolfe brachte ihn mit einer Handbewegung zum Schweigen.

»Ich weiß nur, daß ich hier sitzen und zuschauen mußte, wie Mr. McNair in meinem eigenen Büro ermordet wurde. Archie, lesen Sie einmal aus Ihrem Notizblock vor, was ich Miß Frost gestern in diesem Zusammenhang erklärt habe.«

Ich kam der Aufforderung nach und las die betreffende Stelle laut vor.

»Gut«, rief Wolfe und wandte sich wieder an Helen Frost. »Ich habe mich – leider erfolglos – bemüht, nähere Angaben von Ihnen zu erhalten. Für Sie ist es also schmerzlich, daran erinnert zu werden, daß Ihr bester Freund hier gestorben ist – aber glauben Sie etwa, es wäre für mich angenehm gewesen, seinem Tod zuzusehen?« Er wandte sich an Lew Frost. »Sie, Sir, haben mir einen Auftrag gegeben, dieses Problem zu lösen, und trotzdem haben Sie sich mir bereits bei meinen ersten Ermittlungen in den Weg gestellt.« Er wandte sich wieder an Helen. »Gestern haben Sie sich in Ihrer Überheblichkeit geweigert, Aussagen zu machen, und ich mußte Ihnen die wenigen, mageren Informationen durch Drohung entreißen. Weshalb sind Sie heute hergekommen, und was wollen Sie?«

Llewellyn stand auf und beugte sich über Helen.

»Komm, Helen – komm, wir wollen gehen ...«

Sie legte die Hand auf seinen Arm und schüttelte den Kopf, ohne ihn anzusehen.

»Setz dich, Lew – bitte.«

»Nein, komm mit!«

Sie schüttelte wieder den Kopf.

»Ich bleibe hier.«

»Ich nicht.« Er blickte zu Wolfe hinüber. »Ich habe jetzt die Sache endgültig satt und kündige Ihnen den Auftrag mit sofortiger Wirkung. Ich werde Ihnen keine zehntausend Dollar zahlen, weil ich sie nicht besitze und weil Sie sie auch gar nicht verdient haben. Sie können mir jederzeit eine Rechnung schicken, die sich in vernünftigen Grenzen hält.«

»Das habe ich erwartet«, sagte Wolfe. »Die Hälfte dessen, worauf Sie es abgesehen hatten, ist ohnehin erreicht, denn Ihre Base wird nicht mehr bei McNair arbeiten. Das Resultat meiner weiteren Ermittlungen in den beiden Mordfällen könnte unter Umständen für die Frosts recht unangenehm werden.« Er lehnte sich seufzend zurück. »Dabei haben Sie mich mit Ihrem verwünschten Brief so weit gebracht, daß ich zur Zweiundfünfzigsten Straße gefahren bin. Guten Tag, Sir. Ich kann Ihnen Ihre Haltung nicht verübeln, aber ich werde Ihnen in jedem Fall eine Rechnung über zehntausend Dollar schicken.«

»Das bleibt Ihnen überlassen. Komm jetzt, Helen!«

»Setz dich, Lew«, erwiderte sie ruhig.

»Wozu denn? Komm doch endlich! Hast du denn noch immer nicht gemerkt, daß Wolfe es war, der uns die Polizei auf den Hals gehetzt hat, als wären alle Frosts Mörder? Das ist dir doch bereits von Daddy und Tante Calida erklärt worden.«

»Lew!« rief sie und legte ihm entschlossen die Hand auf den Arm. »Hör zu, Lew! Du weißt ganz genau, daß alle unsere Mißverständnisse sich ausschließlich um Onkel Boyd gedreht haben. Ich habe Mr. Wolfe gestern berichtet, daß Onkel Boyd der beste Mann war, den ich je kennengelernt habe. Du wirst mir wahrscheinlich nicht beipflichten, aber es ist die Wahrheit. Es ist mir natürlich bekannt, daß er dich nicht recht leiden mochte.« Sie stand auf und legte ihre beiden Hände auf seine Arme. »Du bist auch ein feiner Kerl, Lew – aber ich habe Onkel Boyd geliebt.« Sie preßte die Lippen zusammen. »Er ist immer so gütig gewesen, und er hat stets gesagt, falls ich je ...« Sie wandte sich ab, begann verhalten zu schluchzen und setzte sich wieder.

»Aber, Helen – um alles in der Welt ...«, stammelte Lew Frost. »Ich weiß, wie es in dir aussieht.«

»Setzen Sie sich endlich und halten Sie den Mund!« fauchte ich ihn an. Ich sprang auf und packte ihn an der Schulter. »Sie sind nicht mehr unser Klient! Habe ich Ihnen nicht schon einmal gesagt, daß uns Ihre Szenen auf die Nerven gehen?«

Ich ging zum Schrank, schenkte ein Glas Brandy ein,

brachte es Helen Frost und blieb neben ihrem Stuhl stehen. Gehorsam trank sie das Glas aus, fuhr sich mit dem Taschentuch über die Augen, seufzte tief auf und wandte sich endlich an Wolfe.

»Ich weiß nicht, was Onkel Boyd Ihnen über uns Frosts gesagt hat, aber es kann bestimmt nichts Schlechtes gewesen sein, denn er hat nie gelogen. Von mir aus können Sie auch ruhig mit der Polizei zusammenarbeiten, denn schließlich haben Sie ja die Sache über Molly Lauck herausgefunden.« Sie fuhr sich wieder mit dem Taschentuch über die Augen. »Jetzt tut es mir natürlich leid, daß ich es Ihnen nicht gesagt habe, aber ich dachte, ich müßte Onkel Boyds Geheimnis bewahren. Zum erstenmal im Leben bin ich wirklich froh, ein großes Vermögen geerbt zu haben. Ich bin bereit, Ihnen jeden Betrag für die Entlarvung von Onkel Boyds Mörder zu zahlen.«

10

»Aber Helen, das ist doch Aufgabe der Polizei«, knurrte Llewellyn Frost. »Du wirst dir wohl vorstellen können, daß Vater und Tante Calida sauer darauf reagieren würden.«

»Das ist mir vollkommen gleich, denn schließlich ist es ja nicht ihr Geld, sondern meines. Wollen Sie den Auftrag annehmen, Mr. Wolfe?«

»Ja – trotz meiner schlechten Erfahrungen mit einem Frost als Klienten.«

»Muß ich irgend etwas unterschreiben?«

»Das ist nicht erforderlich.« Wolfe lehnte sich im Sessel zurück und schloß die Augen. »Mein Honorar wird nicht übertrieben hoch sein, denn schließlich brauchen Sie ja nicht für die von Ihrem Vetter begangenen Fehler zu zahlen. Immerhin muß ein Punkt noch geklärt werden: Sind Sie ganz sicher, daß ich meinen Auftrag durchführen soll? Möchten Sie wirklich, daß der Mörder der Gerechtigkeit ausgeliefert wird – auch wenn es sich dabei vielleicht um Ihren Vetter, Ihren Onkel, Ihre Mutter oder Mr. Perren Gebert handeln sollte?«

»Aber das – das ist doch lächerlich ...«

»Das mag sein; aber es ist eine Möglichkeit, die wir ebenfalls in Betracht ziehen müssen. Sind Sie bereit, mich für die Entlarvung des Mörders zu bezahlen – ganz gleich, wer es ist?«

Sie schaute ihn eine Weile schweigend an, und dann antwortete sie: »Ja, unter allen Umständen.«

»Nun gut, dann übernehme ich den Auftrag. Ich habe Ihnen gleich einige Fragen zu stellen, und dabei wäre es durchaus möglich, daß Ihre Beantwortung der ersten Frage alle weiteren Fragen hinfällig macht. Wann haben Sie Mr. McNairs rote Lederschatulle zum letztenmal gesehen?«

»Eine rote Lederschatulle?« fragte sie.

»Ja.«

»Ich habe nie eine bei ihm gesehen, und ich wußte gar nicht, daß er überhaupt eine hatte.«

»Soso. Wie steht es denn mit Ihnen, Sir? Möchten Sie auch meine Fragen beantworten?«

»Gewiß. Allerdings habe ich ebenfalls nie eine rote Lederschatulle gesehen.«

Wolfe seufzte.

»Ich darf Ihnen wohl sagen, Miß Frost, daß Mr. McNair sein Schicksal vorausgesehen, um nicht zu sagen, befürchtet hat. Er ist gestern vormittag zu seinem Anwalt gegangen und hat sein Testament abgefaßt. Sein gesamtes Vermögen geht auf seine in Schottland lebende Schwester Isabell über, und er hat mir die betreffende rote Lederschatulle vermacht und mich mit der Durchführung der im Testament aufgeführten Bestimmungen beauftragt.«

»Ja?« Llewellyn blickte Wolfe ungläubig an. »Meine Güte, er hat Sie doch kaum gekannt, und noch vorgestern hat er nicht einmal mit Ihnen sprechen wollen.«

»Daran können Sie sehen, in welcher Verzweiflung er sich befand. Anscheinend liegt die Lösung des Falles in der erwähnten roten Lederschatulle, und als Sie heute herkamen, hatte ich gehofft, von Ihnen wenigstens irgendeinen Hinweis bekommen zu können.«

»Ich habe diese Schatulle nie gesehen«, sagte Helen. »Aber ich verstehe das alles nicht. Wenn er Ihnen diese Schatulle schon vermacht hat, warum ...«

»Er hatte die Absicht, mir den Aufbewahrungsort zu nennen, aber der Tod ist ihm zuvorgekommen. Inspektor Cramer hat eine genaue Abschrift des Testaments, und seine Beamten befinden sich zur Zeit auf der Jagd nach der Schatulle. Wenn Sie oder Ihr Vetter mir also irgendeinen Anhaltspunkt darüber geben können, dann wird es jetzt höchste Zeit. Ich möchte unter allen Umständen den Polizeibeamten zuvorkommen. Das soll nicht heißen, daß ich den Mörder decken will, aber ich folge stets meinen eigenen Methoden, und die Polizei hat schließlich keinen Klienten, sondern nur den elektrischen Stuhl.«

»Wenn Mr. McNair Ihnen aber diese Schatulle doch testamentarisch vermacht hat, dann ...«

»Ein Beweis in einem Mordfall gehört nur dem Gesetz. Wenn Mr. Cramer diese Schatulle in die Hand bekommt, dann müssen wir uns auf eine Zuschauerrolle gefaßt machen. Erinnern Sie sich doch einmal ganz genau, ob Mr. McNair nicht zu irgendeinem Zeitpunkt eine Anspielung auf ein etwaiges Versteck gemacht hat.«

Llewellyn schüttelte langsam den Kopf.

»Nein, so etwas habe ich nie gehört.«

»Strengen Sie Ihre Erinnerung nur ein bißchen an. Hat

er vielleicht eine Jacht besessen oder ein Grundstück auf dem Land?«

»Ja«, sagte Helen Frost. »Er hatte ein kleines Anwesen mit dem Namen Glennanne; es ist ein Bungalow mit etwas Land, und es liegt in der Nähe von Brewster.«

»Glennanne?«

»Ja. Seine Frau hieß Anne und seine Tochter Glenna.«

»Hat das Anwesen ihm gehört?«

»Ja, er hat es vor etwa sechs Jahren gekauft.«

»Und wo liegt Brewster?«

»Etwa fünfzig Meilen nördlich von New York.«

»Aha.« Wolfe richtete sich auf. »Archie, lassen Sie Saul, Orrie, Johnny und Fred auf schnellstem Weg herkommen. Hat das Anwesen auch einen Garten, Miß Frost?«

»Ja – Mr. McNair hatte dort eine kleine Blumenzucht.«

»Gut! Die Jungen sollen sogleich mit dem Wagen hinausfahren – aber zunächst, Archie, müssen Sie ein Schreiben mit folgendem Inhalt abfassen:

Hiermit erteile ich dem Überbringer, Saul Panzer, volle Autorität, das Haus und das Grundstück namens Glennanne zu durchsuchen. Dieses Grundstück nebst allem Inventar ist Eigentum des verstorbenen Boyden McNair.

Wolfe wandte sich wieder an Helen.

»Und nun, Miß Frost, könnten Sie mir vielleicht noch sagen ...«

Ich hatte bereits den Hörer abgehoben und die erste Nummer gewählt.

Nach kurzer Zeit führte Fritz Brenner Saul Panzer herein. Wolfe gab ihm den Auftrag, das betreffende Grundstück zu durchsuchen.

Saul fragte verlegen: »Enthält diese Schatulle vielleicht gestohlenes Eigentum?«

»Nein, sie ist samt Inhalt mein rechtmäßiges Eigentum, und Sie dürfen sie in meinem Namen gegen alle etwaigen Angriffe verteidigen.«

»In Ordnung.«

Saul verließ den Raum, und Wolfe drückte auf den Klingelknopf, um Fritz Brenner hereinzurufen.

»Können wir noch zwei Gäste zum Lunch einladen, Fritz?«

»Nein, das geht beim besten Willen nicht«, sagte Llewellyn.

»Ich habe Vater und Tante Calida versprochen . . .«

»Sie können sie ja anrufen. Zumindest würde ich vorschlagen, daß Miß Frost hierbleibt. Die Schatulle kann jeden Augenblick aufgefunden werden, und in dem Fall brauche ich unbedingt weitere Auskünfte. Miß Frost?«

»Ich bin zwar nicht hungrig, aber ich bleibe trotzdem. Wie steht es mit dir, Lew?«

Llewellyn brummte ein paar unverständliche Worte vor sich hin, aber er blieb auf seinem Stuhl sitzen.

Wolfe gab Fritz einige Anweisungen; dann lehnte er sich wieder zurück.

»Also, Miß Frost, wir haben uns jetzt auf ein gewagtes Unternehmen eingelassen, und in diesem Zusammenhang muß ich Ihnen noch ein paar Fragen stellen.«

»Ja.« Helen schaute ihn voll an. »Ich weiß natürlich längst aus eigener Erfahrung, daß Sie sehr geschickt ans Werk gehen, aber diesmal brauchen Sie keine Lügen von mir zu befürchten. Allerdings kann ich mir nicht recht vorstellen, wie ich Ihnen mit meinem Wissen weiterhelfen könnte.«

»Nun, wir wollen es immerhin versuchen. Denken Sie daran, daß Mr. McNair mir gestern unmittelbar vor seinem Tode noch einige Eröffnungen gemacht hat. Aber zunächst möchte ich Sie fragen, was Mr. Gebert gestern meinte, als er Sie fast für seine Verlobte ausgab.«

Helen biß sich auf die Lippen; dann antwortete sie: »Das hat keinerlei Bedeutung gehabt. Er hat mich nur wiederholt gebeten, ihn zu heiraten.«

»Haben Sie ihn in irgendeiner Form ermutigt?«

»Nein.«

»Hat jemand anders ihn ermutigt – vielleicht Ihr Hausmädchen, der Pfarrer oder jemand aus Ihrer Familie?«

»Nun, ich ...« Sie brach ab und schaute Wolfe lächelnd an. »Das alles ist doch eine recht persönliche Angelegenheit, und ich kann mir nicht vorstellen, wie ...«

»Unsere Ermittlungen haben den Zweck, McNairs Mörder zu überführen, und deshalb dürfen Sie vor einer Beantwortung meiner Fragen nicht zurückschrecken. Also, wer hat Mr. Gebert ermutigt?«

»Ich werde nicht mehr versuchen, Ihren Fragen auszuweichen«, versprach sie. »Ich kann nur sagen, daß ihn eigentlich niemand ermutigt hat. Meine Eltern kennen ihn seit langer Zeit, und ich habe gar nichts gegen ihn. In mancher Beziehung hatte ich jedoch allerlei an ihm auszusetzen – aber meine Mutter hat mich ausdrücklich gebeten, ihm das nicht zu zeigen, solange ich mich nicht endgültig für einen Mann entschieden hätte.«

»Damit waren Sie einverstanden?«

»Ich habe mich jedenfalls nicht widersetzt, denn meine Mutter ist ziemlich starrsinnig.«

»Wie war die Haltung Ihres Onkels, Mr. Dudley Frost, der Ihr Vermögen verwaltet?«

»Oh, mit ihm habe ich solche Dinge nie besprochen. Immerhin weiß ich, daß er Perren nicht mochte.«

»Und Mr. McNair?«

»Er hatte ebenfalls eine Abneigung gegen Perren. Nach außen hin haben sie auf freundschaftlichem Fuß gestanden, aber Onkel Boyd hat mir eines Tages in seinem Büro in Anwesenheit von Perren ausdrücklich erklärt, daß er sich meiner Heirat mit ihm auf alle Fälle widersetzen würde.«

»Trotzdem hat Mr. Gebert Ihnen weiterhin den Hof gemacht?«

»Gewiß – aber das haben viele junge Männer getan, denn schließlich ist mein Vermögen ja nicht gerade ein Pappenstiel.«

»Welchen Beruf übt Mr. Gebert eigentlich aus?«

»Er hat keinen Beruf – und das ist einer der Punkte, die mir an ihm nicht gefallen; er tut gar nichts.«

»Hat er irgendein Einkommen?«

»Das kann ich Ihnen beim besten Willen nicht sagen. Ich weiß nur, daß er in Chesebrough wohnt und einen Wagen hat.«

»Sie haben ihn doch schon in Europa gekannt. Was hat er denn dort getrieben?«

»Soweit ich mich erinnern kann, hat er dort genauso gelebt wie hier, allerdings bin ich ja damals noch ein Kind gewesen. Er ist im Krieg verwundet worden, und dann hat er uns in Spanien besucht. Damals war ich erst zwei Jahre alt.«

»Allem Anschein nach haben sich damals mehrere Leute in Spanien versammelt, denn Mr. McNair sagte mir mit seinen letzten Worten, daß er mit seiner kleinen Tochter ebenfalls nach Spanien gegangen war. Sie haben mir gestern erklärt, daß Sie am siebenten Mai 1915 in Paris geboren wurden. Ihr Vater ist wenige Monate nach Ihrer Geburt als Mitglied des britischen Expeditionskorps gefallen. Wann ist Ihre Mutter mit Ihnen nach Spanien gegangen?«

»Anfang 1916. Wir hielten uns einige Zeit in Barcelona auf und sind dann nach Cartagena gezogen, wo Onkel Boyd uns kurz darauf mit seiner kleinen Tochter Glenna aufgesucht hat. Er war sowohl mit seinen Geldmitteln als auch mit seiner Gesundheit am Ende, und Mutter hat ihm nach besten Kräften geholfen. Nach einiger Zeit ist auch Perren dort aufgetaucht. 1917 ist Glenna gestorben. Onkel Boyd ist nach Schottland zurückgekehrt, und Mutter ist mit mir nach Ägypten gefahren, da sie in Spanien den Ausbruch einer Revolution befürchtete. Dorthin hat Perren uns begleitet. Zwei Jahre später ist er nach Frankreich zurückgekehrt, während Mutter mit mir über Bombay, Bali und Japan nach Hawaii gefahren ist. Mein Onkel, der Verwalter meines Vermögens, bestand ausdrücklich darauf, daß ich in Amerika erzogen werden sollte, und deshalb sind wir schließlich 1924 hierhergekommen. Erst von da an habe ich Onkel Boyd richtig kennengelernt.«

»Hatte er damals bereits sein Geschäft in New York?«

»Nein. Er hat mir später erzählt, daß er früher als Modezeichner großen Erfolg gehabt hätte und 1925 nach New York gekommen sei, um hier ein eigenes Unternehmen zu eröffnen. Er war sehr talentiert und hat sich in kurzer Zeit durchgesetzt.«

In diesem Augenblick kam Fritz Brenner herein und verkündete, daß das Essen im Speisezimmer aufgetragen sei. Während der Mahlzeit wurde nach den unausgesprochenen Gesetzen des Wolfeschen Haushaltes kein einziges Wort über den Fall gesprochen, und pünktlich um 14.30 Uhr kehrten wir wieder ins Büro zurück.

Einige Zeit später rief Inspektor Cramer an und berichtete, daß seine Armee von Polizisten in bezug auf das Auffinden der roten Schatulle noch immer keinen Erfolg zu verzeichnen hätte.

»Dann wäre da noch etwas«, fuhr Cramer klagend fort. »Wir können die jungen Frosts nirgends auffinden. Ich habe von Helens Mutter erfahren, daß kein Mensch McNair so nahegestanden hat wie Helen – und das wäre also für uns die beste Möglichkeit, der roten Schatulle auf die Spur zu kommen.«

»Einen Augenblick, Mr. Cramer«, brummte Wolfe in die Sprechmuschel seines Apparates. »Miß Helen Frost und Mr. Llewellyn Frost sind zur Zeit in meinem Büro.«

»Wie? Sie sind bei Ihnen?«

»Ja, sie sind beide heute vormittag hergekommen – und zwar kurz nachdem Sie weggegangen sind.«

»Alle Wetter«, rief Cramer mit schriller Stimme. »Wollen Sie diesmal etwa wieder den Rahm abschöpfen? Ich verlange, Miß Frost sofort sprechen zu können!«

»Nun, nun, Mr. Cramer.« Wolfe räusperte sich. »Ich habe keineswegs die Absicht, irgendwelchen Rahm abzuschöpfen – und die beiden Frosts sind vollkommen unerwartet bei mir aufgetaucht. Miß Frost ist meine Klientin, und ...«

»Ihre Klientin? Seit wann denn?« Es war Cramers Stimme anzuhören, daß er vor Wut kochte. »Sie haben mir doch wiederholt erklärt, Lew Frost wäre Ihr Klient.«

»Gewiß, aber die Sachlage hat sich inzwischen ein wenig verändert, und ich arbeite jetzt im Auftrag von Miß Frost. Sie brauchen sich gar nicht aufzuregen, denn sie möchte nur Mr. McNairs Mörder zur Strecke bringen – und das ist ja schließlich auch Ihre Absicht. Ich kann Ihnen zur Zeit nur sagen, daß weder Helen noch Llewellyn Frost die bewußte rote Schatulle je in ihrem Leben gesehen haben.«

»Zum Teufel!« Cramer legte eine Pause ein. »Ich möchte Helen Frost sofort sprechen.«

Wolfe seufzte.

»Nun, in dem Fall möchte ich vorschlagen, daß Sie nach dem Dinner einen Ihrer Beamten zu ihr schicken.«

»Verwünscht! Weiß sie tatsächlich nichts über den Aufbewahrungsort der roten Schatulle?«

»Nein – weder sie noch ihr Vetter. Darauf kann ich Ihnen mein Wort geben.«

»Na schön. Vielleicht werde ich mich später mit ihr in Verbindung setzen. Wenn Sie irgend etwas feststellen, dann geben Sie mir doch sofort Bescheid, nicht wahr?«

»Aber selbstverständlich.« Wolfe legte den Hörer auf und sagte: »Der Mann redet entschieden zuviel. Na, wir wollen hoffen, daß die Suche nach der roten Schatulle ihn voll und ganz in Anspruch nimmt.«

»Meiner Meinung nach«, sagte Llewellyn, »können wir sowieso nur warten, bis die Schatulle gefunden worden ist. Alles andere ...«

»Vielleicht darf ich Sie daran erinnern, Sir, daß Sie jetzt hier nur noch als Gast geduldet sind«, unterbrach ihn Wolfe. »Wo waren wir eigentlich stehengeblieben, Miß Frost? Ach ja, Sie erwähnten, daß Mr. Gebert 1931 nach New York gekommen ist; damals waren Sie sechzehn Jahre alt, und sein Alter betrug neununddreißig. Als alter Bekannter Ihrer Mutter ist er vermutlich sogleich zu Ihnen gekommen?«

»Er hat seine Ankunft schriftlich angekündigt«, sagte Helen. »Ich habe mich natürlich nicht mehr an ihn erinnern können, denn damals war ich ja erst vier Jahre alt.«

»Gewiß. Ist er vielleicht in einer politischen Mission hergekommen? Ich habe einmal erfahren, daß er Mitglied der camelots du roi war.«

»Das kann ich nicht mit Bestimmtheit sagen – aber ich glaube es nicht.«

»Er arbeitet also nichts – und das gefällt Ihnen gar nicht?«

»Das gefällt mir bei keinem Menschen.«

»Eine recht erfreuliche Einstellung bei einer Millionenerbin. Immerhin – wenn Mr. Gebert Sie heiraten würde, dann hätte er damit schon eine recht beachtliche Arbeit in der Hand. Es geht bereits auf 16 Uhr, und ich muß Sie verlassen. Zuvor möchte ich Sie jedoch bitten, jenen Satz zu vollenden, den Sie gestern begonnen haben. Sie sprachen davon, daß Sie einen Vater gehabt hätten, und dann machten Sie die Einschränkung: ›Das heißt ...‹ Erinnern Sie sich?«

»Ach, das war nur so ein dummer Gedanke von mir.«

»Sagen Sie es mir trotzdem, denn in diesem Falle müssen wir auch den kleinsten Anhaltspunkt auswerten.«

»Aber es handelt sich doch nur um einen Traum, den ich seit meiner Kindheit immer wieder hatte.«

»Berichten Sie.«

»Nun, das erstemal hatte ich ihn mit sechs Jahren in Bali. Ich träumte, daß ich eine abgeschälte und in Stücke zerlegte Orange fand. Nachdem ich selbst ein Stück davon gegessen hatte, wandte ich mich an einen Mann und sagte: ›Für Vater.‹ So teilte ich Stück für Stück mit ihm, bis wir die Orange zusammen aufgegessen hatten. Als ich aufwachte, zitterte ich am ganzen Körper, und dann begann ich zu weinen. Das letztemal habe ich diesen Traum mit elf Jahren hier in New York gehabt.«

»Wie sah der Mann aus?« fragte Wolfe.

»Das ist ja gerade das Dumme an der ganzen Sache: es war gar kein Mann – er sah nur wie ein Mann aus. Meine Mutter hatte eine Aufnahme von meinem Vater, aber ich konnte keine Ähnlichkeit mit dem betreffenden Mann feststellen.«

»Soso.« Wolfe spitzte die Lippen. »Das ist recht beachtlich. Haben Sie eigentlich viele Orangenstücke gegessen?«

»Ja, ich habe Orangen immer gern gegessen.«

»Aha. Hat Ihre Mutter eigentlich nur diese eine Aufnahme von Ihrem Vater?«

»Ja, sie hat sie mir übergeben. Es ist nur zu verständlich, daß sie durch das Testament meines Vaters verärgert war. Etwa zur Zeit meiner Geburt hat es zwischen ihnen einen schwerwiegenden Streit gegeben, und als Folge davon hat er ihr nicht einen roten Heller hinterlassen.«

»Ja, das ist mir bekannt. Ihr Onkel Dudley ist zum Verwalter Ihres Vermögens ernannt worden. Haben Sie das Testament eigentlich selbst gelesen?«

»Ja, aber das liegt schon lange zurück. Mein Onkel ließ

es mich kurz nach unserem Eintreffen in New York lesen.«

»Da waren Sie also neun Jahre alt. Nun, es ist mir weiterhin bekannt, daß Ihr Onkel keinem Menschen zur Rechenschaft verpflichtet ist, und somit können Sie an Ihrem einundzwanzigsten Geburtstag ein Millionenvermögen oder vielleicht auch gar nichts in die Hand bekommen. Falls ...«

Lew Frost fiel ihm ins Wort: »Wollen Sie damit etwa sagen, daß mein Vater ...«

»Hören Sie auf damit«, knurrte Wolfe. »Ich habe lediglich festgestellt, daß meine Klientin den Stand ihres Vermögens nicht kennt. Stimmt das, Miß Frost?«

»Ja, das stimmt. Aber ich muß schon sagen, Mr. Wolfe ...«

»Wir kommen gleich zum Schluß. Ich habe noch zwei weitere Fragen über das Testament Ihres Vaters. Geht das gesamte Vermögen am siebenten Mai an Sie über?«

»Ja.«

»Und wer ist zum offiziellen Erben eingesetzt, falls Sie vor Ihrem einundzwanzigsten Lebensjahr sterben sollten?«

»Falls ich verheiratet wäre und ein Kind hätte, wäre es das Kind. Andernfalls geht das Vermögen zu gleichen Teilen an meinen Onkel und an seinen Sohn, meinen Vetter Lew, über.«

»In der Tat! Dann bekäme Ihre Mutter also selbst in diesem Fall nichts?«

»Nein.«

Wolfe richtete den Zeigefinger auf unsere Klientin.

»Jetzt müssen Sie natürlich selbst ein Testament abfassen, für den Fall, daß Ihnen nach dem siebenten Mai etwas zustoßen sollte. Haben Sie eigentlich einen Anwalt?«

»Nein. Ich habe noch nie einen gebraucht.«

»Dann werden Sie jetzt einen brauchen. Ein Vermögen

ist nämlich in erster Linie dazu da, den Anwälten ein sicheres Einkommen zu gewährleisten.« Wolfe schaute auf die Uhr. »Ich muß Sie jetzt verlassen, aber ich glaube nicht, daß dieser Nachmittag ergebnislos verlaufen ist, auch wenn Sie das vielleicht annehmen. Ich danke Ihnen für Ihr Entgegenkommen, und während wir das Auffinden der verwünschten Schatulle abwarten müssen, möchte ich Sie noch um einen kleinen Gefallen bitten. Könnten Sie Mr. Goodwin zum Tee mitnehmen?«

»Ja – gewiß. Wenn Sie es wünschen ...«

»Ja, das wäre mir recht. Könnte Mr. Gebert ebenfalls zum Tee zu Ihnen kommen?«

»Er ist bereits da – das heißt, er war vorhin da, als ich Mutter anrief. Nun, Sie wissen ja, daß Mutter damit gar nicht einverstanden ist ...«

»Ja, sie vertritt die Ansicht, Sie hätten mit einem Stock in ein Hornissennest gestochen – aber die Hornissen sind in diesem Falle die Polizeibeamten. Mr. Goodwin ist ein sehr diskreter Mann, und es liegt mir viel daran, daß er sich ein wenig mit Mr. Gebert unterhält.«

Llewellyn sagte mürrisch: »Vermutlich ist Vater auch dort. Warum lassen Sie Gebert eigentlich nicht einfach herkommen? Sie wissen doch, daß er alles tut, was Helen sich nur wünscht.«

»Weil ich die nächsten beiden Stunden bei meinen Pflanzen verbringen werde.«

Wolfe schaute noch einmal auf die Uhr, und dann stand er auf. Auf dem Weg zur Tür wandte er sich an Helen.

»Es ist wirklich ein Vergnügen, von einer Klientin wie Ihnen einen Auftrag zu erhalten. Ich hoffe und glaube, daß Sie es nicht bedauern werden.« Auf der Schwelle wandte er sich noch einmal um. »Holen Sie doch bitte das Päckchen aus Ihrem Zimmer, und legen Sie es auf mein Bett, Archie.«

Wolfe ging zum Aufzug. Ich entschuldigte mich bei

unseren Gästen und eilte die Treppe hinauf. Wolfe wartete bereits am Eingang des Dachgartens auf mich.

»In erster Linie müssen Sie darauf achten, wie die einzelnen Personen auf Miß Frosts Rückkehr reagieren. Dann müssen Sie Ihr Augenmerk darauf richten, ob jemand von den Beteiligten etwas über die rote Schatulle und ihren Aufbewahrungsort weiß. Allem Anschein nach dürfte der Mörder unter diesen Personen zu finden sein.«

»Sie können sich vollkommen auf mich verlassen«, erwiderte ich. Dann eilte ich hinunter, lächelte unseren beiden Besuchern zu und sagte: »Na, dann wollen wir mal losfahren!«

11

Dudley Frost saß in einem bequemen Klubsessel neben einem kleinen Tisch, auf dem sich eine Flasche Whisky und eine Wasserkaraffe befanden. Perren Gebert hatte die Hände in den Hosentaschen vergraben und stand mit dem Rücken zu uns am Fenster. Bei unserem Eintritt wandte er sich um.

Helens Mutter kam auf uns zu.

»Oh«, sagte sie zu ihrer Tochter. »Du hast . . .«

»Ja, Mutter«, sagte Helen entschlossen. »Ihr kennt ja Mr. Goodwin. Ich habe Nero Wolfe beauftragt, die Ursachen zu ermitteln, die zu Onkel Boyds Tod führten, und Mr. Goodwin arbeitet für Nero Wolfe.«

»Lew! Komm her«, rief Dudley Frost von seinem Sessel herüber. »Was soll denn dieser Unsinn . . .«

Llewellyn ging zu seinem Vater, und Perren Gebert kam lächelnd auf mich zu.

»Ah! Der junge Mann, der keine Szenen ausstehen kann.« Er übertrug das Lächeln auf Miß Frost. »Meine liebe Helen, du hast Mr. Wolfe beauftragt? Kann man denn heutzutage alles mit Geld kaufen – sogar Vergeltung?«

»Hör auf damit, Perren«, brummte Mrs. Frost.

»Ich kaufe keine Vergeltung.« Helens Wangen röteten sich. »Ich habe Nero Wolfe engagiert, und Mr. Goodwin ist hergekommen, um dich zu sprechen.«

»Mich?« Perren zuckte die Schultern. »Über Boyd? Nun, wenn du es wünschst, dann will ich mit ihm sprechen, aber du darfst ihm gleich sagen, daß er sich davon nicht zuviel versprechen soll. Die Polizeibeamten sind den ganzen Tag über hiergewesen, und dabei ist mir aufgefallen, wie wenig ich eigentlich über Boyd weiß, obwohl ich ihn über zwanzig Jahre gekannt habe.«

»Ich verspreche mir nie zuviel, und ich bin stets mit dem zufrieden, was ich bekommen kann«, erwiderte ich. »Ich habe auch den Auftrag, mit Ihnen und mit Ihrem Schwager zu sprechen, Mrs. Frost. Ich möchte mir dabei Notizen machen, und wenn ich beim Schreiben stehen muß, dann bekomme ich immer einen Krampf.«

Sie führte mich zu dem kleinen Tisch und bot mir einen Stuhl an. Ihre Haltung war sehr aufrecht, und sie hatte eine für ihr Alter überraschend gute Figur.

Als wir alle um den Tisch herum saßen, sagte sie: »Ich hoffe, daß Sie die Situation verstehen, Mr. Goodwin. Wir waren alle alte Freunde von Mr. McNair, und wir reden gar nicht gern über diese Sache. Ich habe ihn seit meiner Kindheit gekannt.«

»Stammen Sie auch aus Schottland?« fragte ich.

»Ja, damals hieß ich Buchan.«

»Ja, das hat Mr. McNair uns gesagt.«

»Ich weiß von den Polizeibeamten, daß Boyd Mr. Wolfe eine ganze Menge aus seinem Leben erzählt hat. Es war mir bekannt, daß seine Nerven . . .«

»Man konnte ihn als Nervenbündel bezeichnen«, sagte

Gebert. »Deshalb habe ich den Polizeibeamten auch erklärt, daß er zweifellos Selbstmord begangen hat.«

»Der Mann war vollkommen übergeschnappt!« krächzte Dudley Frost. »Er hat gestern von seinem Anwalt eine genaue Untersuchung von Edwins Vermögen verlangt. Er war schließlich nur Helens Taufpate und hatte somit kein Recht ... Na ja, ich habe ja schon immer gesagt, daß er übergeschnappt war.«

Jetzt redeten alle durcheinander, aber Dudley Frost ließ sich nicht vom Thema abbringen. »Ja, vollkommen übergeschnappt! Warum hätte er nicht Selbstmord begehen sollen? Du weißt doch, Helen, daß ich dich sehr gern habe, aber ich kann es einfach nicht verstehen, daß du für diesen Einfaltspinsel so viel übrig hattest. Und nun hast du diesen Mann hergebracht, und ...«

Ich grinste ihn an und sagte: »Ich kann mir vorstellen, daß Sie mich möglichst schnell loswerden wollen – und dazu brauchen Sie mir nur ein paar kurze Fragen zu beantworten und sich dabei nach Möglichkeit an die Wahrheit zu halten.«

»Wir haben den ganzen Tag über dumme Fragen über uns ergehen lassen müssen – und das alles nur, weil dieser Einfaltspinsel McNair ...«

»Schon gut. Ich habe es bereits notiert, daß er ein Einfaltspinsel war. Was bestärkt Sie denn in der Vermutung, er hätte Selbstmord verübt?«

»Wie, zum Teufel, soll ich das wissen?«

»Sie können also keinen Grund anführen?«

»Das ist doch gar nicht erforderlich. Der Mann war ja übergeschnappt. Das habe ich bereits vor zwanzig Jahren in Paris behauptet, als er dort verrückte Bilder malte und sie ›Der Kosmos‹ nannte.«

Helen rief heftig: »Onkel Boyd war nie ...«

Sie saß neben mir. Ich legte die Fingerspitzen auf ihren Arm und bat sie zu schweigen. Dann wandte ich mich an

Perren Gebert: »Sie haben ebenfalls von Selbstmord gesprochen. Können Sie einen Grund dafür anführen?«

Gebert zuckte die Schultern.

»Nein, ich kenne keinen bestimmten Grund. Ich weiß nur, daß seine Nerven vollkommen zerrüttet waren.«

»Ja, er hat ständig an Kopfschmerzen gelitten. Wie steht es denn mit Ihnen, Mrs. Frost? Können Sie mir vielleicht einen Grund nennen?«

Sie sah mich an. In dem Blick dieser Frau lag etwas, was einen Mann in den Bann zog.

»Ihre Frage klingt ein wenig herausfordernd. Nein, ich weiß keinen Grund zu der Annahme, daß Boyd Selbstmord verübt hätte.«

»Glauben Sie, daß er es getan hat?«

»Ich weiß selbst nicht, was ich denken soll. Jedenfalls kann ich mir nicht recht vorstellen, wer die Absicht gehabt haben könnte, ihn zu ermorden.«

Ich seufzte. Im selben Augenblick fiel mir ein, daß ich Nero zu kopieren versuchte.

»Es ist Ihnen natürlich bereits bekannt, daß Mr. McNair in Nero Wolfes Büro gestorben ist. Ich weiß nicht, welche Schlußfolgerungen die Polizeibeamten gezogen haben, aber Mr. Wolfe ist in diesen Dingen recht empfindlich. Er hat einwandfrei festgestellt, daß Selbstmord ausscheidet. Diesen Gedanken können Sie also aufgeben, und ich möchte Ihnen raten, eine andere Vermutung aufzustellen.«

Perren Gebert zerdrückte seinen Zigarettenstummel im Aschenbecher.

»Ich habe keineswegs die Absicht, irgendeine Vermutung aufzustellen. Vielleicht erklären Sie uns einmal, warum es kein Selbstmord gewesen sein kann.«

Mrs. Frost sagte ruhig: »Ich habe Sie gebeten, hier Platz zu nehmen, Mr. Goodwin, weil meine Tochter Sie hergebracht hat. Aber vielleicht können Sie sich vorstellen, daß uns das alles auf die Nerven geht? Wir – ich habe keine Vermutung zu bieten . . .«

»Kümmere dich doch gar nicht um ihn, Calida!« krächzte Dudley Frost. »Ich für mein Teil weigere mich ganz entschieden, überhaupt mit ihm zu reden.«

Er griff wieder nach der Whiskyflasche.

Ich sah Mrs. Frost an.

»Das ist doch lauter Unsinn! Vielleicht darf ich Sie daran erinnern, daß dies gar nicht Ihr Haus, sondern das Haus Ihrer Tochter ist! Wofür halten Sie uns eigentlich? Es wird wirklich höchste Zeit, daß Sie alle ein bißchen aufwachen. Boyd McNair ist ermordet worden, und Helen Frost hat Nero Wolfe mit den Ermittlungen beauftragt. Sie ist Ihre Tochter, Ihre Nichte und Base und beinahe Ihre Verlobte. Ich weiß, daß Sie beabsichtigen, Informationen von besonderer Tragweite geheimzuhalten und zu verschweigen. Bedenken Sie nur einmal, welche Ammenmärchen Sie mir da aufbinden wollen: Mr. McNair hätte Kopfschmerzen gehabt, und deshalb sei er zu Nero Wolfe gegangen, um sich dort zu vergiften. Zumindest könnten Sie doch die Höflichkeit aufbringen, mir frei heraus zu erklären, daß Sie keine Aussagen machen wollen.« Ich deutete mit dem Bleistift auf Perren Geberts lange dünne Nase. »Sie wissen doch, daß Dudley Frost uns den Aufbewahrungsort der roten Schatulle nennen könnte, nicht wahr?«

Mrs. Frost und Gebert blickten zu Dudley Frost hinüber, der zu stammeln begann: »Was – was für eine rote Schatulle? Das idiotische Ding aus McNairs Testament? Verdammt, sind Sie denn jetzt auch übergeschnappt?«

Ich grinste ihn an.

»Schon gut! Haben Sie die Schatulle?«

Er wandte sich an seinen Sohn und knurrte: »Ich weigere mich entschieden, mit ihm zu sprechen.«

»Na schön – ganz wie Sie wollen. Immerhin sollten Sie bedenken, daß der Staatsanwalt Sie zu einer genauen Aufstellung über das Vermögen Ihres Bruders zwingen kann – und haben Sie schon einmal etwas von einem Hausdurchsuchungsbefehl gehört?«

Dudley Frost rappelte sich aus seinem Sessel hoch.

»Das werden die Beamten nicht wagen – das wäre eine ausgesprochene Unverschämtheit!«

»Gewiß. Sie dürfen nicht vergessen, daß in einem Mordfall alles ...«

Dudley Frost stand auf.

»Komm, Lew! Bei Gott, wir werden schon sehen ...«

»Aber, Vater, warte doch!«

»Ich habe gesagt, du sollst kommen! Bist du mein Sohn oder nicht?« Er wandte sich noch einmal um. »Vielen Dank für die kleine Erfrischung, Calida. Wenn ich etwas für dich tun kann, brauchst du mir nur Bescheid zu geben. Lew, jetzt komm endlich, verdammt noch mal! Helen, meine Liebe, ich habe ja schon immer gesagt, daß du dich wie eine Närrin benimmst. Lew!«

Llewellyn raunte Helen noch ein paar Worte zu; dann nickte er kurz zu seiner Tante hin und eilte, ohne von Gebert die geringste Notiz zu nehmen, hinter seinem Vater her.

Mrs. Frost stand auf; sie sah ihre Tochter an und sagte ruhig: »Es ist schrecklich, daß es so kommen mußte, Helen. Ich weiß, was Boyd dir bedeutet hat – und ich habe ihn auch sehr gern gehabt. Im Augenblick machst du mir Vorwürfe, die du im Laufe der Zeit bestimmt bereuen wirst. Du weißt ja, daß ich dein Gefühl für ihn immer zu dämpfen trachtete, denn schließlich gehört Jugend zur Jugend. Helen, liebes Mädchen ...« Behutsam strich sie über das Haar ihrer Tochter. »Du hast genau die gleichen starken Impulse, die dein Vater hatte – und manchmal wirst du damit einfach nicht fertig. Ich glaube, du bist deinem Impuls der Großzügigkeit gefolgt, als du diesem Detektiv den Auftrag erteiltest.« Ihre Stimme klang noch immer leise, aber jetzt schwang ein harter Unterton mit. »Ich bin deine Mutter, und ich kann mir nicht vorstellen, daß du absichtlich diese Leute herbringst, die uns belästigen und auf die Nerven fallen. Es tut mir leid, daß ich heute bei deinem Anruf so unfreundlich war, aber du darfst nicht vergessen, daß ich mit meinen Nerven am Ende bin. Im Hause waren die Polizeibeamten, und du hast uns noch weitere Schwierigkeiten gebracht. Ich denke, du hast es in den vergangenen einundzwanzig Jahren erfahren, daß du dich auf mich verlassen kannst – und ich möchte mich ebenfalls auf dich verlassen können.«

Helen Frost stand auf. Ihr Gesicht war aschfahl, und sie hielt die Lippen fest zusammengepreßt. Gebert kam ein paar Schritte auf sie zu, blieb dann aber stehen.

»Du kannst dich auf mich verlassen, Mutter – und Onkel Boyd ebenfalls.« Sie richtete den Blick auf mich und sagte in der drolligen Art eines kleinen Mädchens: »Beleidigen Sie meine Mutter nicht, Mr. Goodwin.«

Sie wandte sich unvermittelt um, verließ den Raum durch eine kleine Seitentür und zog die Tür hinter sich ins Schloß. Perren Gebert schob schulterzuckend die Hände in die Hosentaschen; dann zog er sie wieder hervor und kratzte sich seine dünne Nase.

Mrs. Frost schaute abwechselnd auf Gebert und auf die Tür, durch die ihre Tochter verschwunden war.

»Ich glaube nicht, daß sie mich entlassen hat«, sagte ich strahlend. »Was meinen Sie dazu?«

Gebert lächelte gezwungen.

»Gehen Sie jetzt?«

»Vielleicht.« Ich hielt noch immer das Notizbuch in der Hand.

»Jedenfalls sollen Sie wissen, daß wir uns nicht so einfach abspeisen lassen. Vielleicht wird die fragliche rote

Schatulle doch in Dudley Frosts Wohnung gefunden. Wie würde Ihnen das gefallen?«

»Das sind doch ganz dumme und sinnlose Tricks«, sagte Mrs. Frost.

»Nun, wir sind nach wie vor davon überzeugt, daß Sie den Aufbewahrungsort der Schatulle kennen. Es ist Ihnen sicher bekannt, daß sie jetzt das rechtmäßige Eigentum von Nero Wolfe ist. Wir möchten sie gern in die Hand bekommen – und wäre es auch nur, um unsere Neugier zu befriedigen.«

Gebert hatte mir sehr höflich zugehört; jetzt lächelte er Mrs. Frost zu und sagte: »Siehst du, Calida, dieser Mann bildet sich tatsächlich allen Ernstes ein, wir könnten ihm etwas sagen. Warum tun wir das eigentlich nicht?« Er machte eine großartige Handbewegung. »Wir könnten ihm doch alles mögliche sagen.«

Sie blickte ihn ablehnend an.

»Wir haben jetzt keine Zeit für derartige Späße.«

»Ich habe es auch gar nicht als Spaß gemeint. Alle wollen Informationen über Boyd, und die können wir ihnen doch geben – und sei es auch nur, um sie endlich loszuwerden. Ja, wir wollen ihm alles geben, was wir haben – und es ist wirklich ein Jammer, daß wir ihm die rote Schatulle nicht geben können. Boyd hätte uns über den Aufbewahrungsort unterrichten sollen. Vermutlich sind sie aber nicht so sehr an Boyds Leben, sondern an seinem Tod interessiert – und ich glaube, da ich ihn so gut gekannt habe, kann ich auch darüber ein paar Angaben machen. Ich ...«

»Perren«, rief Mrs. Frost scharf, und es klang wie ein Befehl. Sie musterte ihn mit einem eisigen Blick. »Über den Tod soll man nicht scherzen.«

Gebert verbeugte sich ein wenig vor ihr. »Höchstens über seinen eigenen, Calida – um des äußeren Eindrucks willen.«

»Ich stamme, genau wie Boyd, aus Schottland, und für mich ist so etwas kein Spaß.« Sie sah mich an. »Sie können jetzt ruhig gehen. Wie Sie vorhin sehr richtig bemerkten, gehört dieses Haus meiner Tochter, und deshalb können wir Sie nicht hinausweisen. Immerhin ist meine Tochter noch minderjährig – und außerdem haben wir nichts auszusagen. Ich habe der Polizei gegenüber bereits alles angegeben, was ich weiß. Wenn Ihnen Mr. Geberts komische Vorstellung gefällt, dann können Sie ja noch ein bißchen hierbleiben.«

»Nein, diese Vorstellung gefällt mir ganz und gar nicht.« Ich schob das Notizbuch in die Tasche. »Außerdem habe ich jetzt noch eine Verabredung in der Stadt. Es wäre möglich, daß Mr. Wolfe Sie telefonisch zu einer kleinen gemütlichen Unterhaltung einladen wird. Haben Sie für heute abend schon etwas vor?«

Diesmal bekam ich ihren eisigen Blick zu spüren.

»Es ist unerhört von Mr. Wolfe, die Gefühle meiner Tochter auf eine solche Art und Weise auszunützen. Ich habe keine Lust, Wolfe aufzusuchen, und wenn er hierherkommen sollte . . .«

»Machen Sie sich darüber keine Sorgen«, erwiderte ich grinsend. Dann ging ich.

Es war kurz nach 18 Uhr, als ich daheim eintraf. Nero Wolfe saß an seinem Schreibtisch und las ›Die sieben Säulen der Weisheit‹ von Lawrence. Er hatte dieses Buch bereits zweimal gelesen, und als ich sah, daß auf seinem Schreibtisch nur das Tablett mit dem leeren Glas stand, da wußte ich sofort, in welcher Verfassung er sich befand.

Ich warf mein Notizbuch auf meinen Schreibtisch und setzte mich. Es dauerte eine ganze Weile, bis Wolfe das Buch aus der Hand legte und auf den Klingelknopf drückte, um Bier kommen zu lassen. Dann lehnte er sich auf seinem überdimensionalen Stuhl zurück und nahm zur Kenntnis, daß ich noch unter den Lebenden weilte.

»War es ein angenehmer Nachmittag, Archie?«

Ich brummte.

»Es war eine ganz verteufelte Gesellschaft. Die einzige wertvolle Information, die ich ergattern konnte, war ein Zitat, daß nur ein Narr mit dem Tod Späße treibt. Wie gefällt Ihnen das?«

»Berichten Sie, Archie!«

Ich erstattete ihm zum Teil aus meinen Aufzeichnungen und zum Teil aus dem Gedächtnis Bericht. Dann legte ich das Notizbuch aus der Hand, zog die untere Schublade meines Schreibtisches heraus und legte die Füße darauf.

»Das wäre alles. Was kommt nun?«

Wolfe öffnete die Augen.

»Wie Sie sagen, haben sie also die rote Schatulle nicht und kennen auch nicht ihren Aufbewahrungsort.«

»Ja, das ist meine Ansicht. Nach den Blicken zu urteilen, die sie bei der Erwähnung der Schatulle austauschten, fürchten sie, daß die Schatulle irgend etwas Wichtiges für sie enthält. Wahrscheinlich haben sie die Schatulle nicht und wissen auch nicht, wo sie ist. Was Mrs. Frost betrifft, so möchte ich sagen, daß sie ein Rückgrat aus Stahl und ein patentiertes eigenes Kühlsystem für ihren Verstand hat. Wenn Sie dieser Frau einen Mord nachweisen wollen, dann müssen Sie sie nicht nur auf frischer Tat ertappen, sondern auch noch eine Kamera bei sich haben, um es ihr zu beweisen.«

»Meine Güte!« Wolfe schenkte sich ein Glas Bier ein. »In dem Falle werden wir uns wohl einen anderen Täter suchen müssen – und das gefällt mir gar nicht.« Er betrachtete den Schaum, der sich langsam im Glas auflöste. Dann trank er es aus und wischte sich die Lippen ab. »Archie, um in diesem Fall weiterzukommen, brauchen wir die verwünschte Schatulle.«

»Gewiß, ich werde sie Ihnen gleich holen.«

Wolfe lehnte sich zurück. Er seufzte.

»Zu Ihrer Information möchte ich Ihnen mitteilen, daß ich heute nachmittag Mr. Hitchcock in London angerufen habe. Verbuchen Sie das Gespräch auf der Spesenliste. Ich habe ihn gebeten, einen seiner Männer nach Schottland zu schicken, um Mr. McNairs Schwester zu vernehmen; außerdem habe ich ihn angewiesen, verschiedene Unterlagen der spanischen Stadt Cartagena zu untersuchen. Von Saul Panzer habe ich noch nichts gehört. Wir brauchen die rote Schatulle. Es ist mir vollkommen klar, wer McNair ermordet hat, aber noch fehlen die Beweise.«

Er nahm sein Buch auf und begann weiterzulesen.

Um 21 Uhr, nach dem Abendessen, kehrten wir wieder ins Büro zurück, und Wolfe widmete sich erneut seinem Buch. Um 21.30 Uhr schrillte das Telefon.

»Archie? Hier spricht Fred. Ich rufe von Brewster aus an, und es wäre besser, du verbindest mich gleich mit Mr. Wolfe.«

Wolfe legte das Buch aus der Hand und hob den Hörer seines Apparates ab, während ich mein Notizbuch öffnete.

»Mr. Wolfe? Hier spricht Fred Durkin. Saul hat mich ins Dorf geschickt, um Sie anzurufen. Wir haben keine rote Schatulle gefunden, aber es hat allerlei Überraschungen gegeben. Als wir das gesamte Haus systematisch durchsucht hatten, gingen wir in den Garten hinaus. Nach Einbruch der Dunkelheit ist plötzlich ein Wagen dort draußen in der Einsamkeit aufgetaucht. Ein Mann stieg aus, ging ums Haus und leuchtete mit der Taschenlampe in ein Fenster hinein. Wir haben ihn natürlich sofort gestellt. Der Bursche heißt Gebert; er ist ein schlanker Kerl mit einer langen, dünnen Nase . . .«

»Ja, ich kenne ihn. Was hat er denn gesagt?«

»Ach, er schwätzt eine ganze Menge, aber im Grunde genommen sagte er gar nichts. Er behauptet, ein alter Freund von McNair zu sein und noch ein paar seiner Sachen im Haus zu haben, die er jetzt holen wollte.«

»Wo ist er jetzt?«

»Er ist noch bei Saul und Orrie im Haus. Was sollen wir mit ihm anstellen?«

»Laßt ihn laufen – was wollt ihr denn weiter tun? Ihr könnt ihn doch nicht festsetzen.«

»Einen Augenblick – es geht noch weiter! Als wir etwa eine Viertelstunde mit diesem Gebert im Haus waren, fuhren plötzlich zwei weitere Wagen vor. Ich ging sofort hinaus, und ich kann Ihnen nur sagen, daß diese Burschen ihre Waffen auf mich richteten, als wäre ich Dillinger oder sonst einer von diesen Gangstern. Ich rief Saul schnell zu, die Haustür zu verriegeln, und im nächsten Augenblick war ich schon von den uniformierten Beamten umringt. Es waren Leutnant Rowcliff von der Mordkommission, fünf weitere Polizeibeamte und ein kleiner Bursche mit einer Brille, der sich mir als Staatsanwalt des betreffenden Bezirkes vorstellte. Na, habe ich nicht in einer verteufelten Klemme gesteckt?«

»Haben sie auf Sie geschossen?«

»Ja, aber ich habe die Kugel aufgefangen und sie ihnen wieder an den Kopf geworfen. Na, jedenfalls sind sie gekommen, um die rote Schatulle abzuholen. Saul hatte sie natürlich nicht eingelassen, sondern durch das geschlossene Fenster mit ihnen verhandelt. Dabei hat er ihnen die von Ihnen ausgestellte Ermächtigung gezeigt. Da sie keinen richterlichen Durchsuchungsbefehl bei sich hatten, konnten sie natürlich nicht viel unternehmen. Saul trug mir auf, ins Dorf zu fahren und Sie anzurufen, aber Leutnant Rowcliff bestand darauf, mich erst zu durchsuchen, um sich zu vergewissern, ob ich nicht die verwünschte Schatulle bei mir hätte. Ich habe ihm erklärt, daß ich ihm bei der ersten Berührung die Haut abziehen und am nächsten Zaunpfahl zum Trocknen aufhängen würde. Wir haben dann eine Art Waffenstillstand geschlossen, und Rowcliff hat mich in seinem Wagen hergefahren. Ich bin hier in der Telefonzelle eines kleinen Restaurants, während Rowcliff zur Zeit von einem Laden aus das Präsidium anruft. Am liebsten würde ich ihm jetzt den Wagen wegschnappen und ohne ihn wieder hinausfahren.«

»Das wäre kein schlechter Gedanke. Weiß er, daß Gebert dort draußen ist?«

»Nein. Was sollen wir jetzt mit Gebert anstellen? Sollen wir die Beamten ins Haus lassen? Graben können wir im Garten ohnehin nicht, und es ist verdammt kühl dort draußen.«

»Einen Augenblick!« Ich wandte mich an Wolfe. »Könnte ich hinausfahren?«

Er schauerte. Vermutlich dachte er an die Tausende von Schlaglöchern auf dem Weg nach Brewster. Dann nickte er mir zu, und ich sagte zu Fred: »Fahr wieder hinaus, halte Gebert im Haus und laß die Beamten nicht hinein. Ich komme auf dem schnellsten Weg.«

12

Gegen 23.15 Uhr erreichte ich endlich den schmalen Feldweg, den Fred mir beschrieben hatte, und wenige Minuten später kam ich vor dem Haus an; die Fenster waren beleuchtet.

Ich hielt hinter einem Wagen, der die Einfahrt versperrte, und rief: »Komm heraus und fahr diese Kiste aus dem Weg!«

Vom Haus kam mürrisch die Frage: »Wer ist denn da?«

»Na schön, dann werde ich den Wagen eben selbst aus dem Weg schieben. Aber gebt mir ja keine Schuld, wenn er dabei im Graben landet.«

Ich verließ den Sportwagen und setzte mich hinter das

Lenkrad des Polizeiwagens. Zwei Gestalten kamen vom Haus her auf mich zu. Einer von ihnen war mein alter Freund, Leutnant Rowcliff, und der andere war ein uniformierter Polizist.

Der letztere knurrte: »Wenn Sie nicht sofort aus dem Wagen kommen, dann können Sie etwas erleben!«

»So? Na, da täuschen Sie sich aber gewaltig, Freundchen! Ich bin Archie Goodwin und vertrete hier Nero Wolfe; damit habe ich ein Recht, auf diesem Grundstück zu sein, während man das von Ihnen nicht sagen kann. Wenn man in seiner Einfahrt einen Wagen findet, der den Weg blockiert, dann schiebt man ihn ganz einfach auf die Seite, und wenn Sie versuchen sollten, mich dabei zu hindern, dann wird es Ihnen schlecht ergehen, denn meine Stimmung ist bereits am Siedepunkt angelangt.«

»Na schön«, brummte Rowcliff. »Kommen Sie heraus, Goodwin, wir werden den Wagen aus dem Weg schaffen.« Er sagte zu dem Uniformierten: »Geben Sie lieber nach; dieser Bursche ist noch nie gezähmt worden.«

Als der Weg frei war, parkte ich den Sportwagen neben Geberts Wagen, stieg aus und ging auf das Haus zu. Auf der Veranda hockten einige Gestalten.

»Wer leitet diese Aktion?« fragte ich. »Wir sind hier weit außerhalb der Stadtgrenze. Wer maßt sich das Recht an, dieses private Grundstück zu betreten?«

Die uniformierten Beamten tauschten einen Blick, und dann fragte einer von ihnen: »Haben Sie denn ein Recht, hier zu sein?«

»Das kann man wohl sagen. Sie haben ja bereits die Ermächtigung des Verwalters dieses Grundstücks gelesen – und ich habe das gleiche Schreiben in meiner Tasche. Also nun kommt schon: Wer ist hier der verantwortliche Leiter dieser Aktion?«

Ein kleiner Bursche mit einer Brille trat vor.

»Ich übernehme die Verantwortung. Ich bin der Staatsanwalt dieses Distrikts, und wir haben das legale Recht ...«

»Sie haben das legale Recht, heimzugehen und ins Bett zu kriechen. Haben Sie vielleicht einen Hausdurchsuchungsbefehl vorzuweisen?«

»Nein, wir hatten keine Zeit ...«

»Dann verhalten Sie sich gefälligst ruhig!« Ich wandte mich an Rowcliff und die uniformierten Beamten. »Wenn ihr etwa meint, daß ich jetzt fertig bin, dann habt ihr euch gewaltig getäuscht. Ich muß schon wirklich sagen, daß allerhand Nerven dazu gehören, mitten in der Nacht mit der Absicht zu einem Privathaus zu fahren, dieses zu durchstöbern. Was wollt ihr denn eigentlich hier? Die rote Schatulle? Das ist Nero Wolfes Eigentum, und wenn ich sie jetzt aus dem Haus hole, dann kann ich euch nur raten, sich mir auf keinen Fall in den Weg zu stellen, denn so etwas kann ich, bei Gott, nicht vertragen!«

Ich ging zur Haustür und rief: »Saul! Aufmachen!«

»Hallo, Archie«, rief er von drinnen zurück. »Ist alles in Ordnung?«

»Natürlich.« Als Saul die Tür öffnete, wandte ich mich wieder an die Beamten. »Ich verlange auf der Stelle, daß Sie dieses Grundstück räumen!«

Saul schloß die Tür hinter mir, und ich schaute mich im Raum um, der in ländlicher Einfachheit eingerichtet war.

Ich fragte Saul leise: »Wo ist er?«

»Im Nebenzimmer; dort brennt kein Licht.«

»Habt ihr die Schatulle gefunden?«

»Nein, wir haben trotz sorgfältigen Suchens nicht die geringste Spur entdecken können.«

Diese Aussage von Saul Panzer genügte mir vollkommen.

»Gibt es hier noch eine weitere Tür?« fragte ich.

»Ja, eine rückwärtige Haustür, aber wir haben sie verrammelt.«

Ich ging mit Orrie in den Nebenraum und schloß die Verbindungstür hinter mir. Nur die beiden Fenster zeichneten sich in der Dunkelheit als helle Flecke ab, aber nach wenigen Sekunden konnte ich die Umrisse eines Stuhles ausmachen, auf dem jemand saß.

»Fang an zu singen«, sagte ich zu Orrie.

Er räusperte sich und begann zu singen; er hatte eine ganz leidliche Stimme. Ich tastete mich an den Stuhl vor und sagte leise zu dem Mann: »Ich bin Archie Goodwin. Sie kennen mich.«

»Gewiß.« Geberts Stimme klang gemütlich. »Sie sind der Bursche, der keine Szenen leiden kann.«

»Ja, ganz richtig; deshalb bin ich jetzt auch hier, statt daheim im Bett zu liegen. Und was machen Sie hier draußen?«

»Ich bin hergekommen, um meinen Regenschirm abzuholen, den ich im vergangenen Herbst hier vergessen habe.«

»Soso. Haben Sie ihn gefunden?«

»Nein. Wahrscheinlich hat ihn jemand mitgehen lassen.«

»Das ist wirklich zu schade. Jetzt hören Sie mich einmal an. Vor dem Haus wimmelt es von Polizeibeamten, auch der zuständige Staatsanwalt ist unter ihnen. Möchten Sie denen vielleicht auch Ihre Geschichte vom vergessenen Regenschirm erzählen?«

Ich sah, wie er mit den Schultern zuckte.

»Wenn es ihnen Spaß macht. Vermutlich werden die kaum wissen, wo er ist.«

»Sie haben wohl gar keine Sorgen, wie? Lauter singen, Orrie! Passen Sie einmal auf, Gebert. Nero Wolfe hat Sie bereits durchschaut, aber wir wollen Ihnen eine Chance einräumen. Ich gebe Sie den Beamten gegenüber als meinen Kollegen Jerry aus. Wir fahren in meinem Wagen nach New York zurück. Dort haben wir ein ausgezeichnetes Gästezimmer, in dem Sie schlafen können. Auf diese Weise können Sie sich gleich morgen früh mit Nero Wolfe unterhalten. Wie gefällt Ihnen dieser Vorschlag?«

»Ich wohne in Chesebrough. Vielen Dank für Ihre Einladung – aber ich ziehe es vor, in meinem eigenen Bett zu schlafen.«

»Sie wollen also nicht mitkommen?«

»Um in Nero Wolfes Haus zu schlafen? Nein.«

»Na schön, das ist Ihre Sache. In diesem Fall werden Sie wohl Ihre Geschichte mit dem Regenschirm bei den Beamten anbringen müssen.«

Gebert zuckte wieder mit den Schultern.

»Ich will gern einräumen, daß ich für die Polizei nichts übrig habe. Sie wollen mich also unerkannt hier hinausbringen?«

»Ja.«

»Nun, dann komme ich mit.«

»Um bei Nero Wolfe zu schlafen?«

»Ja, das habe ich doch gerade gesagt.«

»Gut. Wegen Ihres Wagens brauchen Sie sich keine Sorgen zu machen; Saul Panzer wird ihn unbeschädigt in die Stadt bringen.«

Ich öffnete die Verbindungstür, erklärte Saul und Fred meinen Plan in wenigen Worten und sah mit einem Blick durchs Fenster, daß die Polizisten draußen immer noch warteten.

Saul öffnete uns die Tür, und als wir hinausgingen, sagte ich: »Leutnant Rowcliff? Ah, da sind Sie ja! Ich fahre jetzt mit Jerry Martin in die Stadt zurück. Wir lassen hier drei Mann zurück, die nach wie vor größten Wert darauf legen, in Ruhe gelassen zu werden. Die Männer brauchen ihren Schlaf – und das kann man von Ihnen ebenfalls sagen. Um der Wahrheit die Ehre zu geben, will ich Ihnen gleich eröffnen, daß weder Jerry noch ich die rote Schatulle bei sich haben. Jetzt komm, Jerry!«

Als die Haustür hinter uns geschlossen wurde, kam einer der Beamten auf den Gedanken, den Lichtstrahl seiner Taschenlampe auf Gebert zu richten.

»Leutnant, schauen Sie sich diesen angeblichen Jerry nur einmal ein bißchen näher an! Das ist derselbe Mann, der heute früh vom Inspektor im Hause der Frosts vernommen wurde. Er heißt Gebert, und er ist ein Freund der Frosts.«

Ich lachte schallend.

»Ich kenne Sie zwar nicht, Mister – aber allem Anschein nach müssen Sie schielen. Vielleicht bekommt Ihnen die Landluft hier draußen nicht. Komm, Jerry!«

Es war nichts zu wollen: Leutnant Rowcliff schnitt uns mit zwei weiteren seiner Beamten den Weg ab und knurrte: »Halt, Goodwin! Sie haben eben Bill Northrupfs Worte gehört – und Sie wissen nur zu gut, daß er nicht schielt. Ist ein Irrtum ausgeschlossen, Bill?«

»Ja, vollkommen; dieser Mann ist Gebert.«

»Na, dann strahlen Sie sein Gesicht ruhig noch ein bißchen länger an. Wie steht es denn nun, Mr. Gebert? Wie kommen Sie eigentlich auf den Gedanken, sich Mr. Goodwin gegenüber als Jerry Martin auszugeben, wie?«

Ich hörte schweigend zu – und ich muß sagen, daß Gebert es ausgezeichnet verstand, sich aus der Klemme zu ziehen.

»Ich habe keineswegs die Absicht gehabt, Mr. Goodwin etwas vorzumachen. Das wäre auch vollkommen sinnlos, denn er kennt mich ja.«

»Soso. Na, dann will ich mich einmal mit Ihnen ein bißchen über diese Jerry-Martin-Sache unterhalten. Zunächst erklären Sie mir, was Sie eigentlich hier draußen suchen.«

»Ich bin auf Ersuchen von Nero Wolfe mitgefahren, weil ich dachte, den Aufbewahrungsort der roten Schatulle zeigen zu können. Leider habe ich sie nicht mehr finden können. Dann sind Sie hergekommen und später ist auch Mr. Goodwin hier eingetroffen. Der Jerry-Martin-Vorschlag stammt von ihm, und ich habe keinen Grund gesehen, auf diesen Vorschlag nicht einzugehen.«

»Und heute früh, als Sie vom Inspektor nach dem möglichen Aufbewahrungsort der roten Schatulle befragt wurden, da ist Ihnen dieses Haus natürlich nicht eingefallen, wie?«

Gebert hatte sowohl auf diese als auch auf die weiteren Fragen recht geschickte Antworten bereit – aber ich hörte nur noch mit halbem Ohr zu, denn ich war inzwischen zu der Erkenntnis gekommen, daß Wolfe höchstwahrscheinlich herzlich wenig mit Gebert anfangen konnte.

Gebert hatte Leutnant Rowcliff jetzt so weit gebracht, daß wir nur noch einzusteigen und abzufahren brauchten.

»Halten Sie sich morgen früh auf alle Fälle in Ihrer Wohnung auf«, sagte Rowcliff zu Gebert. »Es ist möglich, daß der Inspektor Sie sprechen möchte.« Er wandte sich an mich, und seine Stimme triefte jetzt vor Ironie. »Sie müssen doch immer irgendeinen lausigen Trick bereit haben. Na, warten Sie nur ab, bis der Inspektor von dieser Sache hört!«

Ich grinste ihn an.

»Sie sollen gleich meinen nächsten Trick kennenlernen: ich habe mir Geberts Hokuspokus nur angehört, um einmal zu sehen, wie gerissen er eigentlich ist. Nehmen Sie ihn lieber gleich mit ins Präsidium, und besorgen Sie ihm dort ein Bett.«

»Sind Sie denn schon fertig mit ihm?«

»Nein, ich habe noch nicht einmal mit ihm angefangen. Er ist gegen 9 Uhr hier mit seinem Wagen eingetroffen, und da das Haus unbeleuchtet war, hat er sich am Fenster zu schaffen gemacht. Als Saul Panzer ihn nach seinem Treiben befragte, erklärte er, hier einen Schirm zu suchen, den er früher einmal im Haus vergessen hätte. Vielleicht kann er ihn im Fundbüro des Präsidiums finden.«

»Wann haben Sie sich denn diesen Trick nun wieder ausgedacht?« brummte Rowcliff.

»Das war gar nicht nötig, denn die Tatsachen sind nun einmal viel seltsamer als jede Erfindung.«

»Aha! Da haben Sie also versucht, diesen Mann unter dem vorgeschobenen Namen Jerry Martin aus dem Haus zu schmuggeln. Wohin wollten Sie ihn denn bringen? Wie wäre es, wenn Sie selbst mit ins Präsidium kämen, um sich dort ein paar Regenschirme anzusehen?«

»Das ist doch lauter dummes Zeug«, knurrte ich. »Sie haben Gebert jetzt jedenfalls in der Hand, und alles Weitere bleibt Ihnen überlassen. Für mich wird es höchste Zeit, endlich ins Bett zu kommen.«

Ich zwängte mich durch die Beamten, bestieg den Roadster und fuhr zurück nach New York. Ich war so verärgert über meinen Fehlschlag, daß ich meinen Rekord von der Herfahrt diesmal noch um ganze zwei Minuten schlug.

Das Haus war natürlich bereits dunkel, und ich konnte keinen Zettel von Wolfe finden. Es war genau 2.19 Uhr, als ich ins Bett kam.

13

Am nächsten Morgen um 9.30 Uhr rief Fred Durkin aus Brewster an und berichtete, daß die Beamten kurz nach meiner Abfahrt das Anwesen verlassen hätten und heute früh mit einigen Dokumenten zurückgekehrt wären.

Gegen 10 Uhr kamen die beiden Anwälte Henry H. Barber und Collinger. Ich ging hinauf, um Unterschriften von Wolfe zu holen. Der Boß kam, wie üblich, um 11 Uhr herunter; er diktierte einen Brief und holte sich dann den großen Atlas aus dem Bücherschrank.

Um 12.45 Uhr klopfte Fritz Brenner an und brachte ein

Telegramm herein. Ich öffnete es, las und berichtete Wolfe:

»Hitchcock teilt uns mit, daß in Schottland bis jetzt keine Erfolge zu erzielen sind, weil die betreffende Person keinerlei Aussagen macht. In Cartagena ist ebenfalls kein Erfolg zu verzeichnen, da die gesamten Unterlagen dort vor zwei Jahren bei einem Aufstand vernichtet wurden. In beiden Fällen werden die Ermittlungen fortgesetzt.«

Zehn Minuten später legte Wolfe den Atlas aus der Hand. »Archie – wir brauchen die rote Schatulle.«

»Ja, Sir.«

»Ich habe gestern abend noch einmal mit Hitchcock telefoniert und von ihm erfahren, daß McNairs Schwester auf einem alten Familiengrundstück in der Nähe von Camfirth wohnt. Ich habe mit der Möglichkeit gerechnet, daß McNair die Schatulle vielleicht bei einem seiner Trips nach Europa dort verborgen haben könnte – aber augenscheinlich haben wir nach der Haltung der Schwester dort keinen Erfolg zu erwarten.« Er seufzte. »Wir haben die Lösung zwar schon in der Tasche – aber wir haben nicht den geringsten Beweis zu bieten. Vielleicht wird es erforderlich werden, Saul nach Schottland und nach Spanien zu schicken? Großer Gott! Müssen wir die halbe Erde umkreisen, um Motiv und Technik eines Mordes zu demonstrieren, der sich hier vor unseren eigenen Augen zugetragen hat? Ich habe gestern abend noch zwei Stunden über diesen Fall nachgedacht.«

»Nun«, erwiderte ich lächelnd, »vielleicht gelingt es einem von Cramers Untergebenen, dem Verkauf des Zyankalis auf die Spur zu kommen.«

»Bah!« Wolfe winkte unwirsch ab. »Mr. Cramer weiß doch noch nicht einmal, wer der Mörder ist, und was das Gift betrifft, so kann es doch schon vor Jahren gekauft worden sein und braucht nicht aus diesem Land zu stammen.«

»Sie wissen also bereits, wer der Mörder ist, wie?«

»Archie!« Er drohte mir mit dem Zeigefinger. »Ich bin kein Freund von Geheimniskrämerei – aber in diesem Fall darf ich Ihnen die Last nicht aufbürden. Natürlich kenne ich den Mörder – aber was bringt mir das schon ein? In dieser Beziehung bin ich keineswegs besser daran als Mr. Cramer. Er hat mich übrigens gestern abend kurz nach Ihrer Abfahrt nach Brewster angerufen, und er war außerordentlich schlechter Laune. Anscheinend hat es ihm gar nicht in den Kram gepaßt, daß wir die Sache mit Glennanne für uns behalten haben. Nachdem Sie ihm jetzt Mr. Gebert zum Geschenk gemacht haben, wird er sich wahrscheinlich bald wieder beruhigen.«

»Es wird mir natürlich an den Kragen gehen, wenn er Gebert zu Aussagen verleiten kann, die diesen Fall klären, wie?«

»Keine Angst, Archie. Mr. Gebert wird keine entsprechenden Aussagen machen. Es wäre auch vollkommen zwecklos gewesen, ihn hierherzubringen, denn er hat seinen Profit und Verlust bereits gegeneinander abgewogen.«

Fritz verkündete, daß das Essen im Speisezimmer aufgetragen sei, und wir gingen hinüber.

Meine Mahlzeit wurde durch einen Telefonanruf unterbrochen. Normalerweise ließ Wolfe es nicht zu, daß unsere Tischzeit auf diese Weise unterbrochen wurde – aber wenn es sich um Klientinnen handelte, dann drückte er stets ein Auge zu.

Helen Frost wollte wissen, wie es um Perren Gebert stand. Ihre Mutter hatte heute morgen in Chesebrough angerufen und erfahren, daß er die ganze Nacht nicht heimgekommen sei. Später hatte sie von Inspektor Cramer erfahren, daß Gebert sich im Polizeipräsidium in Gewahrsam befände – und zwar auf Grund von Informationen, die ein gewisser Mr. Goodwin den Beamten übergeben hätte.

»Ja, wir haben ihn gestern abend geschnappt, als er sich in Glennanne an einem Fenster zu schaffen machte. Die Polizei möchte nun natürlich gern von ihm wissen, was er dort vorhatte. Entweder er wird diese Frage beantworten oder nicht – und davon wird es wahrscheinlich abhängen, ob die Beamten ihn auf freien Fuß setzen oder nicht.«

»Aber sie werden doch nicht ...« Helen Frost zögerte. »Ich habe Ihnen ja schon gesagt, daß mir manches an ihm nicht recht gefallen will – aber schließlich ist er ein alter Freund meiner Mutter. Ich kann mir gar nicht vorstellen, was er eigentlich in Glennanne gesucht hat. Sie werden ihm doch nichts tun, wie?«

»Das kommt ganz darauf an.«

»Ach, es ist alles so schrecklich«, klagte sie. »Auf jeden Fall möchte ich, daß Mr. Wolfe seine Ermittlungen fortsetzt. Ich wollte Sie nur bitten, vielleicht einmal wegen Perren bei der Polizei vorzusprechen. Es ist mir bekannt, daß Sie mit den Beamten auf recht freundschaftlichem Fuß stehen.«

»Gewiß. Ich werde gleich nach dem Essen zum Präsidium fahren und mich erkundigen. Ich gebe Ihnen dann Bescheid.«

»Ausgezeichnet. Haben Sie vielen Dank.«

Gegen 14 Uhr parkte ich den Wagen auf der Centrestraße vor dem Polizeipräsidium und ging zum Vorzimmer von Inspektor Cramers Büro. Nach einer kurzen Wartezeit wurde ich eingelassen. Er saß hinter seinem Schreibtisch, und zu meiner Überraschung sprang er bei meinem Eintritt nicht auf, um mir ins Ohr zu beißen.

»Sie sind es also«, knurrte er. »Was wollen Sie denn?«

»Ich will verdammt sein, Inspektor, wenn Sie nicht tatsächlich ein Mann sind, dem man gar nichts recht machen kann. Wir geben uns die größte Mühe, die rote Schatulle für Sie zu finden – und das geht Ihnen gegen den Strich. Wir schnappen dort draußen einen Mann, der im Begriff steht, durchs Fenster einzubrechen, wir liefern Ihnen diesen Mann pflichtgemäß aus, und das geht Ihnen ebenfalls gegen den Strich. Wenn wir eines Tages diesen ganzen Fall aufklären und Ihnen die Lösung in die Hand legen, dann werden Sie uns wahrscheinlich als Komplicen des Mörders vor Gericht stellen.«

»Ja, ja, schon gut. Ich habe stets zu schätzen gewußt, wenn Sie mir einen Gefallen erwiesen haben. Also, was wollen Sie?«

Ich legte den Kopf ein wenig auf die Seite. »Ich vertrete zur Zeit Mr. McNairs Testaments-Verwalter und ich bin hergekommen, um Mr. Perren Gebert einzuladen, an der heute abend um neun Uhr stattfindenden Beisetzung teilzunehmen. Möchten Sie mir bitte sagen, wo ich ihn finden kann?«

Cramer musterte mich mit einem gemeinen Blick. Dann zog er seufzend eine Zigarre hervor, biß die Spitze ab und zündete sie an. Nach den ersten Zügen fragte er unvermittelt:

»Sind Sie hergekommen, um Gebert zu sprechen? Welche Fragen will Wolfe ihm vorlegen?«

»Gar keine. Wolfe will ihn gar nicht sprechen.«

»Und was, zum Teufel, wollen Sie von ihm?«

»Nichts. Ich habe jemandem versprochen, mich hier nach seinem Befinden zu erkundigen. Ich gebe Ihnen mein Ehrenwort, daß nichts weiter dahintersteckt.«

»Nun, vielleicht glaube ich Ihnen.« Er drückte auf einen der Klingelknöpfe, die in einer langen Reihe an seinem Schreibtisch angebracht waren. »Falls Sie Gebert irgendwelche Fragen zu stellen haben, so brauchen Sie damit nicht hinter dem Berg zu halten. Meine Beamten beschäftigen sich bereits seit heute früh 7 Uhr mit ihm. Das sind jetzt acht Stunden, und sie haben noch immer nichts aus ihm herausgebracht.«

Ein Polizeisergeant mit übermäßig breiten Schultern kam herein und blieb auf der Schwelle stehen.

»Dieser Mann heißt Goodwin«, sagte Cramer zu ihm. »Bringen Sie ihn in Raum fünf hinunter, und sagen Sie Sturgis, daß Mr. Goodwin sich an der Vernehmung beteiligen kann, falls er das will.« Er wandte sich wieder an mich. »Kommen Sie später noch einmal her; vielleicht habe ich Ihnen dann eine Frage zu stellen.«

Wir fuhren mit dem Lift in den Keller hinunter, und der Sergeant öffnete eine der Türen auf dem Korridor. Er ging auf einen Mann zu, der mit aufgerollten Hemdsärmeln auf einem Stuhl saß und sich den Schweiß von der Stirn wischte; er sagte ein paar Worte zu ihm.

Es war ein mittelgroßer Raum, fast gänzlich unmöbliert. In der Mitte stand ein Stuhl mit Armlehnen, auf dem Perren Gebert saß. Unmittelbar über seinem Kopf hing ein großer Scheinwerfer, dessen grelles Licht ihm direkt in die Augen fiel.

Vor ihm stand ein kleiner, drahtiger Mann mit kleinen Fuchsohren und einem kurzen Haarschnitt.

Als ich in den Lichtschein kam, so daß Gebert mich sehen konnte, richtete er sich ein wenig auf und krächzte mit seltsam heiserer Stimme:

»Goodwin! Ah, Goodwin . . .«

Der drahtige Beamte schlug ihm klatschend die linke Hand ins Gesicht, und dann ließ er die rechte folgen.

Gebert sank auf den Stuhl zurück.

Der andere Beamte stand auf und kam auf mich zu.

»Goodwin? Ich heiße Sturgis. Kommen Sie von Buzzys Abteilung?«

»Ich gehöre zu einer Privatdetektei, wir bearbeiten diesen Fall.«

»Oh, Privatdetektei, wie? Na – jedenfalls hat der

Inspektor Sie heruntergeschickt. Möchten Sie Ihr Glück einmal versuchen?«

»Nein, jetzt nicht. Sie können ruhig weitermachen. Ich werde mir die Sache einmal ein bißchen ansehen. Vielleicht kommt mir dabei eine gute Idee.«

Ich schaute Gebert an. Sein Gesicht war stark gerötet und auch etwas aufgedunsen – aber es waren ihm keine Schlagmerkmale anzusehen. Er trug keine Krawatte, sein Hemd war an der Schulter zerrissen. Seine Augen waren blutunterlaufen; wahrscheinlich kam das von dem starken Licht des Scheinwerfers.

»Haben Sie mir etwas sagen wollen, als Sie soeben meinen Namen nannten?« fragte ich ihn.

Er schüttelte den Kopf und brummte etwas vor sich hin.

Ich wandte mich an Sturgis: »Er kann euch doch nichts sagen, wenn er nicht einmal sprechen kann. Ihr solltet ihm ein bißchen Wasser zu trinken geben.«

Sturgis schnaubte verächtlich.

»Er könnte schon sprechen, wenn er wollte. Wir haben ihm Wasser gegeben, als er vor ein paar Stunden die Besinnung verlor. Er ist einfach widerspenstig – das ist alles. Wollen Sie es einmal mit ihm versuchen?«

»Später vielleicht.«

Ich setzte mich auf einen der Stühle. Sturgis fuhr sich mit dem Taschentuch über den Hals. Der drahtige Beamte beugte sich über Gebert und fragte:

»Wofür hat sie dir das Geld gegeben?«

Gebert gab keine Antwort.

»Wofür hat sie dir das Geld gegeben?«

Wieder keine Antwort.

»Wofür hat sie dir das Geld gegeben?«

Gebert schüttelte schwach den Kopf.

Der Beamte schrie ihn gereizt an: »Du sollst nicht den Kopf schütteln, wenn ich dich etwas frage. Verstanden? Wofür hat sie dir das Geld gegeben?«

Gebert machte keine Bewegung.

Der Beamte holte aus und knallte ihm ein paar Schläge ins Gesicht.

»Wofür hat sie dir das Geld gegeben?«

So ging es eine ganze Weile weiter. Es erschien mir außerordentlich zweifelhaft, daß sie auf diese Weise irgendeinen Erfolg erzielten. Diese dummen Beamten konnten einem leid tun.

Nachdem der drahtige Beamte etwa zwanzig Minuten lang immer wieder dieselbe Frage gestellt hatte, wollte er plötzlich von Gebert wissen, was er am Abend vorher in Glennanne gesucht hätte. Gebert murmelte unverständliche Worte vor sich hin, und er mußte prompt ein paar weitere Schläge dafür einstecken.

Nach einer halben Stunde wandte sich der Beamte an seinen Kollegen und brummte:

»Mach einmal eine Weile weiter; ich muß jetzt hinaus.«

Sturgis fragte mich wieder, ob ich jetzt mein Glück versuchen wollte – aber ich lehnte erneut ab, weil ich jetzt seine Technik kennenlernen wollte.

Er steckte das Taschentuch in die Tasche, trat auf Gebert zu und schrie ihn an:

»Wofür hat sie dir das Geld gegeben?«

Auch er bearbeitete Geberts Gesicht ohne Erfolg.

Nach einer Weile kam der Sergeant herein, trat auf Gebert zu und schaute ihn an, wie ein Koch die Suppe anschaut, um zu sehen, ob sie schon gar ist.

Sturgis trat zurück und schlang sich das Taschentuch um die Hände. Der Sergeant sagte ihm:

»Anordnung vom Inspektor: er soll sich jetzt erholen und dann zum Nordausgang gebracht werden!«

Sturgis öffnete den Schrank und zog eine Metalltasse hervor. Der Sergeant nahm eine Flasche aus der Tasche, goß etwas Flüssigkeit in die Tasse und steckte die Flasche wieder ein.

»Gib ihm das. Kann er gehen?«

Sturgis bejahte die Frage, und der Sergeant wandte sich an mich.

»Wollen Sie bitte in das Büro des Inspektors zurückgehen, Goodwin? Ich habe noch etwas zu erledigen.«

Ich folgte ihm schweigend aus dem Raum und fuhr mit dem Lift nach oben. In Cramers Vorzimmer mußte ich eine ganze Weile warten. Endlich kamen drei Polizeidetektive heraus; ihnen folgte ein uniformierter Beamter, und zum Schluß kam der stellvertretende Polizeichef Alloway.

Als ich in das Büro vorgelassen wurde, saß Cramer mit einer erloschenen Zigarre hinter dem Schreibtisch und blickte mißmutig vor sich hin. »Setzen Sie sich, mein Junge. Sie haben uns wohl dort unten nicht viel zur Hand gehen können, und andererseits haben wir auch Ihnen nicht viel gezeigt, was? Wir haben Gebert den ganzen Morgen hindurch von einem unserer besten Beamten bearbeiten lassen – aber auch er konnte keinen Erfolg erzielen. Dann haben wir es mit anderen Methoden versucht.«

»Aha.« Ich grinste. »Das also war die andere Methode. Werden Sie ihn jetzt freilassen?«

»Ja. Vor einer Weile ist ein Anwalt mit einer *habeas corpus* gekommen; vermutlich hat Mrs. Frost ihn beauftragt. Außerdem hat der französische Konsul seine Nase bereits in diese Sache gesteckt, weil Gebert französischer Staatsbürger ist. Wir werden ihn natürlich von einem guten Beamten beschatten lassen – aber was soll schon dabei herauskommen? Wenn so ein Mann über gewisse Informationen in einem Mordfall verfügt, dann kann man ihn schließlich nicht anbohren und das Zeug aus ihm herausholen, nicht wahr?«

Ich nickte.

»Haben Sie eigentlich schon etwas von den Jungens aus Glennanne gehört?«

»Nein.« Cramer lehnte sich auf seinem Sessel zurück; verschränkte die Hände im Nacken und kaute auf seiner Zigarre herum. »Ich bedauere, daß ich Ihnen das sagen muß – aber es wäre wohl vernünftiger gewesen, wenn wir Sie an Stelle von Gebert im Keller gehabt hätten.«

»Mich? Das kann ich gar nicht glauben – nach allem, was ich für Sie getan habe!«

»Ach, kommen Sie! Ich bin nicht in der Stimmung für solche Scherze. Ich weiß doch, wie Wolfe arbeitet. Ich will nicht behaupten, daß ich es so könnte wie er – aber ich weiß jedenfalls, wie er es macht. Dabei will ich gern zugeben, daß er sich bisher noch nie getäuscht hat – aber schließlich kann man ein rohes Ei nur ein einzigesmal zerschlagen. Es ist durchaus möglich, daß er sich im vorliegenden Fall ins Unglück stürzt. Er arbeitet für die Frosts.«

»Er arbeitet für eine Frost.«

»Ja, das ist ja eben das Merkwürdige. Erst ist er von Lew engagiert worden und dann von Helen. Soweit mir bekannt ist, hat er das bislang noch nie mit seinen Klienten getan. Hängt es vielleicht damit zusammen, daß der Tochter das Vermögen gehört? Dudley Frost, der das Vermögen verwaltet, hat unsere Bitte um Überprüfung brüsk abgelehnt, und anscheinend konnte der Staatsanwalt Frisbie bei Gericht auch nichts erreichen. Mir ist aufgefallen, daß dieser Wechsel von Wolfes Klienten unmittelbar nach McNairs Tod erfolgt ist. Das bedeutet nichts anderes, als daß Wolfe über Informationen verfügt, die wir nicht kennen. Stammen diese etwa aus der mysteriösen roten Schatulle? Wahrscheinlich waren das Unternehmen in Glennanne und die Verhaftung von Gebert nur als Deckmantel gedacht. Ich habe zwar keinen handgreiflichen Beweis – aber ich möchte Sie und Wolfe warnen.«

Ich schüttelte mit gespielter Traurigkeit den Kopf.

»Sie brauchen uns nur zu sagen, wenn Sie Ihre Nachforschungen nach der roten Schatulle einstellen, Inspektor – dann werden wir es einmal versuchen.«

»Die Nachforschungen sind noch nicht aufgegeben worden, sondern sie werden ganz im Gegenteil mit Nachdruck durchgeführt. Ich möchte nicht gerade behaupten, daß Wolfe einen Mörder vor uns verbirgt – aber zumindest verbirgt er uns eine Reihe von aufschlußreichen Informationen und Tatsachen. Wir haben bisher auf der ganzen Linie Mißerfolge zu verzeichnen. Wir wissen nur, daß die Frosts ihre Hand im Spiel haben. Wollen Sie Wolfe eine Nachricht von mir überbringen?«

»Gewiß. Soll ich es mir aufschreiben?«

»Nein, das ist nicht erforderlich. Richten Sie ihm bitte aus, daß Gebert in Zukunft ständig beschattet wird und daß, falls die rote Schatulle nicht aufzuspüren ist, einer meiner besten Leute am kommenden Mittwoch nach Frankreich fliegen wird. Sagen Sie ihm weiterhin, daß ich inzwischen auch einige Pluspunkte zu verbuchen habe. So sind zum Beispiel in den vergangenen fünf Jahren sechzigtausend Dollar vom Vermögen seiner Klienten an Gebert ausgezahlt worden – und der Himmel möge wissen, wieviel es bereits vor dieser Zeit gewesen sind.«

»Sechzigtausend? Aus Helen Frosts Vermögen?«

»Ja. Anscheinend ist das eine Neuigkeit für Sie.«

»Gewiß. Wie hat sie es ihm denn ausgehändigt – alles in kleinen Münzen?«

»Reißen Sie keine dummen Witze darüber. Ich sage Ihnen das alles, damit Sie es Wolfe ausrichten. Gebert hat sich vor fünf Jahren hier in New York ein Bankkonto angelegt und seit diesem Zeitpunkt in jedem Monat einen von Calida Frost ausgestellten Scheck über tausend Dollar deponiert. Sie wissen doch, daß man so etwas ganz einfach von einer Bank erfahren kann.«

»Ja, die Polizei hat einen recht bedeutenden Einfluß. Immerhin möchte ich Ihnen vor Augen führen, daß Calida Frost schließlich nicht unsere Klientin ist.«

»Na, dann ist es ihre Tochter – was macht das schon aus?«

»Wofür hat sie Gebert das Geld gezahlt?«

Cramer kniff die Augen zusammen.

»Sie können ja Wolfe einmal diese Frage vorlegen.«

Ich lachte.

»Ach, Inspektor! Sie kommen viel zu selten zu uns, und deshalb kennen Sie Wolfe auch nicht so, wie ich ihn kenne. Sie glauben, er wüßte alles – aber ich kann Ihnen zumindest drei Dinge nennen, die er nie erfahren wird.«

Cramer grub die Zähne wieder in die Zigarre.

»Ich glaube, er weiß, wo sich die rote Schatulle befindet – und möglicherweise hat er sie bereits in der Hand. Ich glaube weiterhin, daß er in seinem und im Interesse seiner Klientin wichtige Beweismittel in einem Mordfall zurückbehält. Vielleicht will er den ganzen Fall bis zum 7. Mai, dem Tage der Volljährigkeit von Helen Frost, zurückstellen. Glauben Sie, daß die Staatsanwaltschaft damit einverstanden ist?«

Ich gähnte und hielt mir die Hand vor den Mund.

»Entschuldigen Sie, bitte – aber ich habe in dieser Nacht nur ein paar Stunden geschlafen. Warum wollen Sie das alles nicht mit Wolfe selbst besprechen?«

»Wozu denn? Ich setze mich in sein Büro und versuche, ihm die ganze Sachlage zu erklären – und was tut er? Er klingelt unaufhörlich nach Bier . . .«

»Schon gut.« Ich stand auf. »Wenn Sie es durchaus nicht verstehen können, daß ein Mann mitunter seinen Durst stillen muß, dann ist ohnehin alles zwecklos. Wolfe hat selbst erklärt, daß er den Fall im Handumdrehen aufklären könnte, falls er die rote Schatulle in die Hand bekommt.«

»Das glaube ich nicht. Richten Sie ihm auf jeden Fall alles aus, ja?«

»In Ordnung. Soll ich ihm auch Ihre besten Grüße überbringen?«

»Scheren Sie sich zum Teufel!«

Ich verließ das Präsidium und traf kurz nach sechs Uhr zu Hause ein. Im Büro erwartete mich eine Überraschung: Wolfe saß weit zurückgelehnt in seinem Sessel, und auf dem Besucherstuhl thronte Saul Panzer.

Ich nahm keine weitere Notiz von ihrer Unterhaltung und rief sogleich Helen Frost an. Sie erklärte mir, daß sie bereits über Geberts Freilassung informiert sei und daß ihre Mutter auf dem Weg nach Chesebrough wäre.

Als ich den Hörer auflegte, wandte sich Wolfe an mich und sagte: »Saul braucht zwanzig Dollar, aber in Ihrem Schreibtisch haben wir nur zehn Dollar finden können.«

»Ich werde morgen einen Barscheck zur Bank bringen.«

Dann zog ich meine Brieftasche hervor und überreichte Saul vier Fünfdollarnoten; er steckte sie ein.

Wolfe sagte zu Saul: »Sie dürfen sich natürlich unter keinen Umständen sehen lassen!«

»Gewiß, Sir.«

Saul verließ das Büro.

Ich fragte:

»Kehrt Saul nach Glennanne zurück?«

»Nein.« Wolfe seufzte. »Hat Mr. Cramer die rote Schatulle bereits gefunden?«

»Nein. Er behauptet, Sie hätten sie.«

»Soso. Will er den Fall mit dieser Theorie als abgeschlossen erklären?«

»Nein, er spielt mit der Absicht, einen seiner Beamten nach Europa zu schicken. Vielleicht könnte Saul ihn begleiten.«

»Nein. Ich habe ihm bereits einen anderen Auftrag erteilt. Die Polizei hat die Bewachung von Glennanne übernommen, und ich habe Saul losgeschickt, um die rote Schatulle zu holen.«

Ich knurrte grimmig:

»Mit mir können Sie keinen Spaß machen. Wer ist denn zu Ihnen gekommen?«

»Niemand.«

»Aha! Es ist alles nur Hokuspokus – und ich hätte fast geglaubt ... Haben Sie vielleicht einen Brief oder ein Telegramm erhalten?«

»Nein.«

»Und trotzdem haben Sie Saul losgeschickt, um die rote Schatulle zu holen?«

»Ja.«

»Wann wird er zurückkommen?«

»Das kann ich nicht genau sagen. Vielleicht morgen oder übermorgen ...«

»Na ja, das hätte ich mir gleich denken können – es ist eben alles nur Hokuspokus. Immerhin habe ich Ihnen eine recht interessante Tatsache von Inspektor Cramer mitgebracht: In den vergangenen fünf Jahren hat Calida Frost Perren Gebert sechzigtausend Dollar übereignet – tausend Dollar pro Monat. Gebert hat sich hartnäckig geweigert, den Grund dafür anzugeben. Paßt diese Tatsache vielleicht auch in Ihre Theorie?«

»Gewiß. Allerdings habe ich den genauen Betrag natürlich nicht wissen können.«

»Aha. Wollen Sie damit andeuten, daß Ihnen diese Geldzuwendungen bekannt waren?«

»Nein, ich habe es lediglich vermutet, denn der Mann braucht doch irgendwelche Mittel zum Leben. Hat man ihm dieses Geständnis mit den Gewaltmaßnahmen abgerungen, die Sie vorhin erwähnt haben?«

»Nein, diese Auskunft stammt von seiner Bank.«

»Also die Arbeit eines Meisterdetektivs. Na, mitunter glaube ich wirklich, daß Mr. Cramer einen Spiegel braucht, um sich davon zu überzeugen, daß seine Nase noch immer mitten im Gesicht sitzt.«

Ich stand auf und ging hinaus.

14

An diesem Abend nahm ich an den Bestattungsfeierlichkeiten in der Memorial Chapel teil. Alle Beteiligten waren anwesend. Perren Geberts Gesicht war noch immer etwas geschwollen, aber einem flüchtigen Betrachter konnte das kaum auffallen.

Als ich heimkam, ging ich sogleich ins Büro, nickte Nero Wolfe zu und setzte mich an meinen Schreibtisch.

Nach einer Weile sagte er:

»Mein Gott, habe ich einen Durst!«

Er richtete sich in seinem Sessel auf und drückte auf den Klingelknopf. Er mußte jedoch eine Weile auf sein heißersehntes Bier warten, denn im selben Augenblick läutete die Haustürglocke, und Fritz Brenner hatte strikte Anweisung, in jedem Fall die Besucher bevorzugt abzufertigen.

Es war wieder einmal ein Beweis dafür, daß ich blindlings an Wolfes außerordentliche Fähigkeiten glaubte, denn ich rechnete in diesem Augenblick ganz fest damit, daß Saul Panzer mit der mysteriösen Schatulle unter dem Arm hereinspazieren würde. Dann hörte ich die Stimme auf dem Korridor und wußte sogleich, daß es nicht Saul Panzer, sondern Helen Frost war.

Die Tür wurde geöffnet, und Fritz Brenner führte unsere Besucherin herein.

Als ich ihr leichenblasses Gesicht sah, sprang ich sofort auf und streckte ihr die Hand entgegen, weil ich fürchtete, daß sie jeden Augenblick zusammenbrechen würde.

Sie schüttelte den Kopf und blieb vor Wolfes Schreibtisch stehen.

»Hallo, Miß Frost«, sagte Wolfe. »Nehmen Sie doch bitte Platz.« Dann fügte er hinzu: »Archie – bieten Sie ihr einen Stuhl an.«

Ich ergriff behutsam ihren Arm und führte sie zu dem Besucherstuhl; sie ließ sich erschöpft darauf fallen.

Dann schaute sie mich an und sagte:

»Danke sehr.« Sie richtete den Blick auf Wolfe. »Etwas Gräßliches ist geschehen! Ich ... ich konnte einfach nicht heimgehen ... und deshalb bin ich hierhergekommen. Ich habe solche schreckliche Angst. Bisher habe ich stets versucht, tapfer zu sein – aber jetzt fürchte ich mich. Perren ist tot! Er ist soeben auf dem Gehsteig der Dreiundsiebzigsten Straße gestorben.«

»In der Tat! Mr. Gebert.« Wolfe richtete den Zeigefinger auf Helen. »Atmen Sie tief durch, Miß Frost, denn atmen müssen Sie schließlich auf jeden Fall. Archie – holen Sie ihr ein Glas Brandy!«

15

»Ich möchte keinen Brandy – ich glaube, ich könnte ihn gar nicht schlucken.« Miß Frost schauderte. »Ich fürchte mich so entsetzlich!«

»Wenn Sie sich nicht ein bißchen zusammennehmen – mit oder ohne Brandy –, dann werden Sie bald einen hysterischen Anfall erleiden, und damit kommen wir auch nicht weiter«, meinte Wolfe. »Möchten Sie sich zunächst ein wenig hinlegen, oder sind Sie in der Lage, zusammenhängend zu erzählen?«

»Ja.« Sie rieb sich die Schläfen. »Ich bin durchaus in der

Lage zu reden – und ich werde auch keinen hysterischen Anfall erleiden.«

»Ausgezeichnet. Sie sagten also, daß Mr. Gebert auf dem Gehsteig der Dreiundsiebzigsten Straße gestorben sei. Was hat seinen Tod verursacht?«

»Das weiß ich nicht.« Sie saß sehr aufrecht auf dem Stuhl und hielt die Hände im Schoß verschränkt. »Er war gerade in seinen Wagen eingestiegen, da sprang er plötzlich wieder heraus, lief über den Gehsteig auf uns zu und stürzte zu Boden. Lew hat mir erklärt, daß er tot sei ...«

»Einen Augenblick, bitte. Wir wollen das lieber der Reihenfolge nach festhalten. Vermutlich hat sich das Ganze beim Verlassen des Friedhofes abgespielt. Wollten Sie mit Ihrer Mutter, Ihrem Onkel, Ihrem Vetter und Mr. Gebert nach Hause fahren?«

Sie nickte.

»Perren hat Mutter und mir angeboten, uns heimzufahren – aber ich wollte lieber zu Fuß gehen, und da mein Onkel noch etwas mit Mutter zu besprechen hatte, beabsichtigten sie ein Taxi zu nehmen. Wir gingen gerade über den Gehsteig ...«

»In Richtung auf Geberts Wagen?« fragte ich.

»Ja. Ich wußte gar nicht, wo er seinen Wagen geparkt hatte, aber wir schauten jedenfalls in die Richtung, in der Perren verschwunden war – und da sahen wir, wie er den Schlag öffnete, nach wenigen Sekunden wieder ausstieg und schreiend über den Gehsteig auf uns zukam. Auf halbem Weg stürzte er zu Boden, bewegte sich noch ein wenig, und dann ...«

»Beschreiben Sie es bitte nicht so lebhaft, Miß Frost«, unterbrach sie Wolfe. »Es hat keinen Zweck, alles noch einmal zu durchleben. Als er am Boden lag, sind natürlich alle auf ihn zugestürzt. Waren Sie und Ihre Mutter auch dabei?«

»Nein, meine Mutter hat mich am Arm festgehalten.

Mein Onkel und ein anderer Mann liefen auf ihn zu – und dann sagte Lew, er sei tot. Ich dachte . . .«

»Nun, unter den gegebenen Umständen konnten Sie natürlich keinen klaren Gedanken fassen.« Wolfe lehnte sich zurück. »Sie wissen also nicht, woran Mr. Gebert gestorben ist?«

»Nein . . .«

»Wissen Sie vielleicht, ob er bei der Beerdigung irgend etwas getrunken oder gegessen hat?«

Sie blickte ihn verdutzt an.

»Ich bin ganz sicher, daß er nichts zu sich genommen hat.«

»Aha.« Wolfe seufzte. »Nun, das werden wir schon noch erfahren. Vielleicht ist er einem Herzanfall oder einem Gehirnschlag erlegen. Allerdings haben Sie vorhin gesagt, Sie fürchteten sich. Wovor eigentlich?«

Helen Frost setzte ein paarmal zu einer Erwiderung an, und dann stammelte sie: »Ja, ich . . . fürchte mich . . . und . . .«

»Schon gut.« Wolfe wehrte ab. »Ich verstehe vollkommen: Seit einiger Zeit ist irgend etwas in Ihrer nächsten Umgebung und unter Ihren engsten Verwandten, was Ihnen Furcht einflößt, und der Tod von Mr. McNair hat diesen Verdacht natürlich noch verstärkt. Entschuldigen Sie, wenn ich diese Frage stellen muß: Hatten Sie die Absicht, Mr. Gebert zu heiraten?«

»Nein, ganz und gar nicht.«

»Haben Sie etwas für ihn empfunden?«

»Nein. Ich habe Ihnen ja bereits gesagt, daß ich nicht viel für ihn übrig hatte.«

»Gut! In diesem Falle werden Sie den Schock um so schneller überstehen. Trotzdem bedauere ich natürlich seinen Tod und werde mit allen Kräften danach trachten, daß der Verantwortliche zur Rechenschaft gezogen wird.«

»Sie glauben also, daß Perren ermordet worden ist?«

»Gewiß.«

Das Telefon schrillte und ich hob den Hörer ab. Ein Mann mit einer bellenden Stimme verlangte Mr. Wolfe zu sprechen – aber dann meldete sich plötzlich eine andere Stimme im Hörer:

»Goodwin? Hier spricht Inspektor Cramer. Wahrscheinlich brauche ich gar nicht erst mit Wolfe zu sprechen; ich möchte ihn auch nicht gern bei seiner Arbeit stören. Ist Helen Frost bei Ihnen?«

»Wer? Helen Frost?«

»Ja, genau das habe ich gesagt.«

»Warum sollte sie denn hier sein? Glauben Sie vielleicht, daß wir bei uns Nachtschicht eingeführt haben? Einen Augenblick; ich glaube, Mr. Wolfe möchte Sie etwas fragen.« Ich legte die Hand über die Sprechmuschel und sagte zu Wolfe: »Inspektor Cramer möchte wissen, ob Miß Frost hier ist.«

Wolfe zuckte die Schultern, und unsere Klientin erwiderte:

»Sie können ihm natürlich sagen, daß ich hier bin.«

Ich legte den Hörer wieder ans Ohr und sagte:

»Nein, Mr. Wolfe hat Ihnen im Augenblick nichts auszurichten. Falls Sie Miß Helen Frost meinen, so habe ich sie soeben noch hier auf dem Stuhl sitzen sehen.«

»Aha! Na, eines Tages werde ich Ihnen bestimmt noch das Genick umdrehen. Ich werde sofort einen meiner Beamten zu Ihnen schicken, und ...«

»Sie brauchen sich gar nicht zu bemühen, denn ich werde sie persönlich bei Ihnen abliefern.«

»Wann?«

»Sofort – ohne die geringste Verzögerung.«

Ich legte den Hörer auf und wandte mich an unsere Klientin.

»Mr. Cramer befindet sich zur Zeit in Ihrer Wohnung, wo vermutlich alle Beteiligten versammelt sind. Wollen wir hinfahren, oder soll ich zu der Ausrede greifen, daß ich kurzsichtig bin?«

Sie stand auf, sah Wolfe an und meinte:

»Wenn Sie mir ohnehin nichts sagen können ...«

»Es tut mir leid, Miß Frost – vielleicht sieht es morgen schon ganz anders aus. Ich werde Sie in jedem Fall benachrichtigen. Vergessen Sie nicht, daß Mr. Cramer es im Grunde genommen nur gut meint. Gute Nacht!«

Ich ging mit ihr zur Garage, fuhr den Wagen heraus und schlug den Weg zur Zehnten Avenue ein. Nachdem ich Helen Frost wohlbehalten zu Hause abgeliefert hatte, fuhr ich zurück.

16

Am nächsten Morgen rief Saul Panzer gegen 9 Uhr an. Ich verband ihn mit Wolfes Nebenstelle auf dem Dachgarten, und zu meinem Verdruß schaltete er mich ab.

Kurz darauf rief Inspektor Cramer an. Seine Stimme klang, als brauchte er zumindest drei kräftige Drinks und eine ausgiebige Nachtruhe.

Etwa eine halbe Stunde später brachte Fritz Brenner die Visitenkarte eines Besuchers herein; es war Staatsanwalt Mathias R. Frisbie! Fritz führte ihn herein; er machte den Eindruck einer Schaufensterpuppe: sein Kragen war steif und hochgestellt, und sein dunkler Anzug roch förmlich nach Mottenpulver.

Er erklärte mir sogleich, daß er Mr. Nero Wolfe zu sprechen wünsche, und ich erwiderte, daß Mr. Nero Wolfe wie üblich bis 11 Uhr mit seinen Pflanzen beschäftigt sei. Als er nachdrücklich betonte, daß es sich um eine außerordentlich wichtige Angelegenheit handeln würde, grinste ich ihn an und sagte:

»Warten Sie bitte einen Augenblick.«

Ich kletterte die drei Stockwerke hinauf. Wolfe beugte sich gerade zusammen mit unserem Gärtner Theodor über eine Pflanze.

»Unten wartet Staatsanwalt Frisbie auf Sie. Er verlangt, daß Sie augenblicklich kommen und sich mit ihm unterhalten.«

Ich wartete eine Weile, und als Wolfe auch dann noch keine Antwort gab, fragte ich höflich:

»Soll ich ihm vielleicht ausrichten, daß Sie plötzlich taub geworden sind?«

Wolfe knurrte: »Verschwinden Sie!«

»Soll ich ihm nichts ausrichten?«

»Nein – verschwinden Sie!«

Ich ging wieder hinunter und vertrieb mir zunächst ein wenig die Zeit bei Fritz Brenner in der Küche. Als ich endlich ins Büro zurückkehrte, hatte Frisbie auf dem Besuchersessel Platz genommen und die Fingerspitzen der beiden Hände aneinandergelegt.

»Ach ja, Mr. Frisbie«, sagte ich. »Darf ich Ihnen das Warten auf Mr. Wolfe vielleicht mit einem Buch oder mit der heutigen Morgenzeitung verkürzen? Er wird pünktlich um 11 Uhr herunterkommen.«

Frisbie fragte:

»Er ist doch im Haus, nicht wahr?«

»Gewiß, er ist nie irgendwo anders.«

»Dann werde ich auf keinen Fall eine ganze Stunde auf ihn warten.«

»Ganz wie Sie wollen.«

Er stand auf.

»Hören Sie einmal – das ist einfach unverschämt! Dieser Wolfe hat wiederholt die Maßnahmen unserer Dienststelle mißachtet. Mr. Skinner, der Oberstaatsanwalt, hat mich hergeschickt . . .«

»Ja, das kann ich mir vorstellen, denn nach seinen bisherigen Erfahrungen mit Wolfe konnte er natürlich nicht selbst kommen.«

»Er hat mich hergeschickt, und ich habe keineswegs die Absicht, bis 11 Uhr hier auf ihn zu warten. Anscheinend bildet Mr. Wolfe sich ein, er könnte mit den Polizeibeamten ganz nach seinem Belieben verfahren – aber es gibt niemanden, der sich dem Ablauf der Gerechtigkeit in den Weg stellen könnte – absolut niemanden!« Sein Gesicht war hochrot. »Boyd McNair ist vor drei Tagen in diesem Büro ermordet worden, und wir haben allen Grund zu der Annahme, daß Mr. Wolfe entschieden mehr über die Angelegenheit weiß, als er bisher durchblicken ließ. Er hätte sogleich der Staatsanwaltschaft vorgeführt werden sollen – aber nein, er ist nicht einmal vernommen worden. Nun hat sich ein weiterer Mordfall ereignet, und anscheinend hat Mr. Wolfe auch hier Informationen. Ich habe ihm bereits ein Zugeständnis gemacht, indem ich hergekommen bin – und nun verlange ich, ihn auf der Stelle zu sprechen!«

»Ja, ja, das weiß ich bereits – und es ist absolut kein Grund zur Aufregung gegeben. Wenn ich Ihnen eröffne, daß Sie bis 11 Uhr warten müssen, was sagen Sie dann?«

»Ich werde nicht warten! Ich werde zu meiner Dienststelle zurückkehren und ihn unverzüglich vorladen lassen. Außerdem werde ich die entsprechenden Maßnahmen in die Wege leiten, um ihm die Lizenz zu entziehen! Seine dunklen Machenschaften werden ihm diesmal nicht durchgehen ...«

Ich schlug ihm mit der flachen Hand ins Gesicht. Er wich erschrocken zurück und ballte die Fäuste.

»Das werden Sie bereuen! Sie werden ...«

»Halten Sie den Mund und verschwinden Sie, ehe ich ernstlich böse werde! Sie reden vom Entziehen von Lizenzen! Ich weiß genau, daß Skinner Sie nur hergeschickt hat, damit Sie sich endlich einmal als den Esel zeigen können, der Sie wirklich sind. Wenn Sie das nächstemal von Wolfes dunklen Machenschaften sprechen, dann werde ich Sie vor einer ganzen Reihe von Zuschauern ins Gesicht schlagen. Und jetzt verschwinden Sie!«

Wortlos wandte er sich um und verließ das Haus. Ich setzte mich an den Schreibtisch und gähnte.

Pünktlich um 11 Uhr kam Wolfe herunter, und wenige Minuten später führte Fritz Brenner Inspektor Cramer herein. Er hatte tiefe Schatten unter den Augen, und seine Haltung war gar nicht die, die man von einem Inspektor erwartet.

»Guten Morgen, Sir«, sagte Wolfe höflich. »Darf ich Ihnen auch eine Flasche Bier bringen lassen?«

Cramer setzte sich auf den Besucherstuhl, zog eine Zigarre hervor, schaute sie an und steckte sie wieder ein. Er atmete tief und sagte:

»Wenn mir schon die Zigarre nicht mehr schmeckt, dann sieht es schlimm aus.«

Er wandte sich an mich. »Was haben Sie eigentlich mit Frisbie angestellt?«

»Gar nichts. Ich kann mich wenigstens an nichts erinnern.«

»Na, er kann sich jedenfalls recht gut erinnern, und ich glaube, er wird Anklage gegen Sie erheben.«

Ich grinste.

»Soso. Muß ich eigentlich damit rechnen, gehängt zu werden?«

»Das weiß ich nicht – und übrigens ist es mir ganz gleich, was aus Ihnen wird. Mein Gott, ich wünschte, mir würde jetzt eine Zigarre schmecken.« Er zog die Zigarre wieder hervor und behielt sie in der Hand. »Entschuldigen Sie bitte, Wolfe, ich habe Ihnen noch gar nicht erklärt, daß ich kein Bier möchte. Ich bin hergekommen, um mich vernünftig mit Ihnen zu unterhalten. Darf ich damit rechnen, daß Sie mir einige Fragen wahrheitsgemäß beantworten?«

»Nun, Sie können es ja immerhin einmal versuchen.«

»Würden wir hier bei einer Hausdurchsuchung McNairs rote Schatulle finden?«

»Nein.«

»Haben Sie sie gesehen, oder wissen Sie, wo sie sich befindet?«

»Nein.«

»Hat McNair Ihnen bei seinem letzten Besuch am Mittwoch einen Anhaltspunkt zu den Motiven für diese Morde gegeben?«

»Sie haben jedes einzelne Wort gehört, das McNair hier gesprochen hat; Archie hat es Ihnen genau vorgelesen.«

»Ja, ich weiß. Haben Sie von anderer Seite ein mögliches Motiv in Erfahrung gebracht?«

»Aber, aber.« Wolfe drohte ihm mit dem Zeigefinger. »Diese Frage geht entschieden zu weit. Arbeite ich nicht seit vier Tagen an diesem Fall?«

»Von welcher Seite?«

»Von Ihnen.«

Cramer schaute Wolfe groß an. Unbewußt grub er die Zähne in die Zigarre.

»Inwiefern?« fragte er.

»Das geht wieder zu weit, Mr. Cramer – und außerdem bin ich noch nicht ganz fertig. Sagen Sie, was hat sich eigentlich bei Mr. Geberts Tod zugetragen?«

Der Inspektor nahm seine Zigarre aus dem Mund; er schaute sie an, als wäre er überrascht, sie nicht angezündet zu finden, und setzte sie in Brand.

»Nehmen Sie einmal einen gewöhnlichen Klebestreifen in einer Länge von etwa vierzig Zentimeter, und befestigen Sie ihn so am Dach über dem Fahrersitz, daß er eine Schlinge bildet. In diese Schlinge stellen Sie eine kleine Schüssel, die mit Blausäure gefüllt ist. Darüber gießen Sie eine Schicht Wasser, um den typischen Geruch zu verhindern. Stellen Sie sich weiterhin vor, daß ein Mann, der seinen Wagen besteigt, stets den Blick nach unten gerichtet hält. Dabei stößt er mit dem Kopf gegen die herabhängende Schüssel, deren Inhalt sich natürlich über sein Gesicht ergießt. Wie gefällt Ihnen dieser kleine Scherz?«

»Vom pragmatischen Standpunkt betrachtet ist es nahezu perfekt: einfach, billig und äußerst wirksam.«

»Ja«, fuhr Cramer fort. »Der Beamte, der die Beschattung von Gebert übernommen hatte, ist sofort, nachdem Gebert zusammengebrochen war, auf ihn zugestürzt, und bei der Berührung haben seine Hände etwas von dem Zeug abbekommen. Der arme Kerl liegt jetzt mit einem blauen Gesicht im Hospital, und der Arzt meint, daß er ihn wohl durchbringen wird. Sie hätten Gebert eine Stunde nach seinem Tod sehen sollen!«

»Nein, lieber nicht.« Wolfe schenkte sich ein Glas Bier ein. »Das hätte weder ihm noch mir etwas genützt.« Er trank aus, wischte sich den Mund ab und lehnte sich zurück. »Ich hoffe, die Routineermittlungen gehen ihren normalen Gang, Mr. Cramer.«

Cramer blies eine Rauchwolke aus.

»Gewiß – aber damit werden wir kaum weiterkommen. Sie haben mir am Mittwoch den Tip gegeben, die Frosts im Auge zu behalten – nun, es könnte jeder von ihnen gewesen sein. Ich habe mich davon überzeugt, daß die kleine Falle innerhalb von zwei Minuten im Auto angebracht werden kann. Im Handschuhfach des Wagens haben wir die beiden Flaschen entdeckt – aber auch damit ist nichts anzufangen, denn sie weisen weder Fingerabdrücke noch sonstige Merkmale auf.« Cramer blies wieder eine Rauchwolke aus. »Ich kann Ihnen nur sagen, daß es Monate dauern wird, bis ich wieder in meinen Wagen steige, ohne zur Decke zu schauen. Ich weiß, daß wir diesen Fall nur lösen können, wenn wir das Motiv erfahren, und dazu brauchen wir die rote Schatulle. Aber wo, zum Teufel, ist sie? Wir haben Mrs. Frost wegen ihrer Zahlungen an Gebert vernommen, und sie hat behauptet, es sei eine alte Schuld gewesen. Möglicherweise kommt Erpressung in Frage – aber warum mußte sie ihn dann gerade jetzt beseitigen, und wie paßt McNair in das ganze Bild?«

Cramer streifte die Asche von seiner Zigarre ab; dann lehnte er sich zurück und brummte:

»Ich bin seit dem vergangenen Dienstag nicht einen Schritt weitergekommen, und in der Zwischenzeit sind zwei weitere Menschen ermordet worden. Habe ich Ihnen nicht gleich gesagt, daß dieser Fall etwas für Sie wäre? Mir liegen diese verwünscht komplizierten Fälle nicht. Jetzt glaube ich auch nicht mehr, daß Sie die rote Schatulle haben.«

Es wurde an der Tür geklopft. Fritz Brenner kam herein und verkündete mit einer zeremoniellen Verbeugung:

»Mr. Morgan möchte Sie sprechen, Sir.«

Wolfe nickte befriedigt und sagte:

»Es ist schon in Ordnung, Fritz. Wir haben keine Geheimnisse vor Mr. Cramer. Schick ihn herein.«

Saul Panzer kam herein. Er trug ein in braunes Packpapier eingeschlagenes Päckchen in der Größe einer Zigarrenschachtel unter dem Arm.

»Nun?« fragte Wolfe.

Saul nickte.

»Ja, Sir.«

»Ist der Inhalt in Ordnung?«

»Gewiß, Sir. Ich habe mich ein wenig verspätet, weil . . .«

»Schon gut. Es genügt ja, daß Sie jetzt gekommen sind. Archie, bringen Sie das Päckchen in den Panzerschrank. Saul, Sie kommen um 14 Uhr wieder.«

Ich legte das Päckchen in den Schrank, es fühlte sich recht fest an und hatte wenig Gewicht.

Wolfe lehnte sich auf seinem Sessel zurück und schloß die Augen.

»So«, sagte er, und dann seufzte er. Nach einer Weile schaute er auf die Uhr. »Können Sie alle Frosts um 14 Uhr herbringen, Mr. Cramer? In dem Fall werde ich das ganze Problem für Sie lösen. Ich glaube, es wird kaum länger als eine Stunde dauern.«

Cramer rieb sich das Kinn mit der Hand, in der er die Zigarre hielt. Nach einer ganzen Weile fragte er:

»Eine Stunde, wie?«

Wolfe nickte.

Cramer beugte sich unvermittelt vor.

»Was ist in dem Päckchen, das Goodwin gerade in den Schrank gelegt hat?«

Wolfe drohte ihm mit dem Zeigefinger.

»Etwas, was ausschließlich mir gehört. Ich habe Sie soeben eingeladen, hier in diesem Büro die Lösung der drei Mordfälle Molly Lauck, Mr. McNair und Mr. Gebert mitzuerleben. Ich verlange, daß alle Frosts um 14 Uhr hier sind. Nun, Sir?«

Cramer stand auf.

»Na, ich will verdammt sein.« Er schaute auf den Panzerschrank.

»Das ist die rote Schatulle, wie? Sagen Sie es mir doch!«

»Um 14 Uhr.«

»Na schön. Ich will nur hoffen, daß Sie auch zu Ihrem Wort stehen.«

»Gewiß. Um 14 Uhr.«

Cramer schaute noch einmal auf den Schrank. Dann schob er die Zigarre zwischen die Zähne, schüttelte den Kopf und verließ das Haus.

17

Wenige Minuten nach 14 Uhr führten Inspektor Cramer und Sergeant Purley Stebbins von der Mordkommission die Frosts herein.

Wolfe hatte mich in großen Zügen in seinen Plan eingeweiht. Er saß jetzt hinter seinem Schreibtisch, und ich wies den Besuchern die entsprechenden Plätze an.

Wolfe sagte zu Inspektor Cramer:

»Lassen Sie Mr. Stebbins bitte in der Küche warten, Mr. Cramer.«

Als Purley den Raum verlassen hatte, schaute Wolfe die Anwesenden an und begann:

»Da wären wir also. Ich weiß natürlich, daß Sie auf Einladung von Mr. Cramer hergekommen sind – aber ich möchte Ihnen dennoch für Ihr Kommen danken. Es war wünschenswert, daß Sie alle kamen, obgleich von Ihnen nichts erwartet wird.«

Dudley Frost krächzte:

»Sie wissen doch genau, daß wir kommen mußten! Wie hätten wir uns denn den Beamten widersetzen können?«

»Mr. Frost, bitte ...«

»Ich will Ihnen nur sagen, daß es gut ist, wenn Sie von uns nichts erwarten, denn Sie werden bestimmt nichts bekommen! In Anbetracht der geradezu lächerlichen Haltung der Polizei werden wir gar nichts mehr aussagen – es sei denn, daß unser Anwalt hinzugezogen wird!«

Wolfe deutete mit dem Zeigefinger auf ihn.

»Es bleibt vollkommen Ihnen überlassen, ob Sie etwas sagen wollen oder nicht. Wir brauchen keinen Anwalt, da ich Ihnen eine ganze Reihe von Erklärungen abzugeben habe. Ich werde Sie nicht vernehmen, sondern selbst sprechen. Archie, bringen Sie mir das Ding!«

Das war der erste dramatische Höhepunkt. Ich stand

auf, ging zum Schrank und brachte Wolfe die inzwischen ausgepackte rote Lederschatulle.

Alle schauten auf die Schatulle, von der ein magischer Zauber auszugehen schien.

Wolfe fuhr fort, und seine Stimme klang plötzlich scharf: »Archie! Nehmen Sie den Revolver aus Ihrer Schublade! Alle Anwesenden haben auf ihren Plätzen sitzen zu bleiben!« Wolfe lehnte sich zurück und schloß die Augen. »Ich werde mich in erster Linie an Sie wenden, Miß Frost, denn ich möchte Ihnen beweisen, was ein guter Detektiv zu erreichen vermag. Die Tatsachen dieses Falles waren mir bekannt, ehe ich die Schatulle in die Hand bekam und ihren Inhalt kennenlernte. Ich habe gewußt, wer Mr. McNair ermordete, und ich kenne auch das Motiv. Es mag sein, daß meine Eröffnungen ein Schock für Sie sind – aber das ist nun einmal nicht zu ändern.« Er seufzte. »Ich werde mich jedenfalls kurz fassen. Zunächst werde ich Sie nicht länger Miß Frost, sondern Miß McNair nennen. Sie heißen Glenna McNair, und Sie sind am 2. April 1915 geboren.«

Ich ließ den Blick über die Anwesenden schweifen. Helen saß steif auf ihrem Stuhl; Dudleys Unterkiefer hing kraftlos herab; und Lew schickte sich an, vom Stuhl aufzuspringen. Mein Hauptinteresse galt jedoch Mrs. Calida Frost. Sie war sehr bleich – aber sie zuckte nicht mit der Wimper.

Sie sagte mit ihrer kühlen Stimme:

»Ich glaube, mein Schwager hat recht, Mr. Wolfe: dieser Unsinn wäre wirklich etwas für unseren Anwalt.«

Wolfe erwiderte ebenso kühl:

»Das glaube ich nicht, Mrs. Frost – wenn Sie es allerdings so wünschen, dann werden Sie später dazu noch ausreichend Gelegenheit finden. Im Augenblick muß ich Sie bitten, auf Ihrem Platz zu bleiben, bis dieser ›Unsinn‹ vorüber ist.«

Helen rief:

»Aber dann war Onkel Boyd ja in Wirklichkeit mein Vater! Wie ist denn das möglich?«

Lew war inzwischen aufgestanden; er legte Helen die Hand auf die Schulter und schaute seine Tante an. Dudley knurrte vor sich hin.

»Setzen Sie sich bitte, Mr. Frost. Ja, Miß McNair, er ist Ihr Vater gewesen. Mrs. Frost meint, das hätte ich erst aus dem Inhalt dieser roten Schatulle erfahren – aber sie irrt sich. Ich habe es bereits hundertprozentig gewußt, als Sie am Dienstag erwähnten, daß Edwin Frosts Vermögen im Falle Ihres Todes an seinen Bruder und an seinen Neffen übergeben würde. Zusammen mit den anderen, mir bekannten Tatsachen ergab das ein ganz klares Bild. Außerdem hat Mr. McNair wiederholt angeführt, daß seine Eltern und seine Frau gestorben seien. Im Zusammenhang mit seiner kleinen Tochter hat er immer nur gesagt, er hätte sie verloren.«

Glenna McNair fragte tonlos:

»Aber wie – wie hat er mich verlieren können . . .«

»Haben Sie bitte noch ein wenig Geduld, Miß McNair. Sie erinnern sich an den Traum von den Orangenstückchen, nicht wahr? Das und verschiedene andere Punkte haben mich auf die Spur gebracht. Ich werde Ihnen . . . halt, Mrs. Frost! Bleiben Sie sitzen!«

Mrs. Frost war von ihrem Stuhl aufgesprungen, sie schwang ihre große Ledertasche.

»Wenn Sie nicht wollen, daß ich von meiner Waffe Gebrauch mache, dann legen Sie die Tasche gefälligst aus der Hand, Mrs. Frost«, rief ich.

Sie nahm gar keine Notiz von mir. Mit würdevoller Ruhe sagte sie zu Wolfe:

»Niemand kann mich zwingen, mir diesen Unsinn anzuhören. Ich gehe! Komm, Helen!«

Sie wandte sich der Tür zu. Ich sprang auf, aber Inspektor Cramer versperrte ihr bereits den Weg.

»Einen Augenblick, Mrs. Frost.« Er sagte zu Wolfe: »Was liegt gegen sie vor? Ich habe nicht die geringste Ahnung von alledem.«

»Genug, Mr. Cramer«, erwiderte Wolfe kurz. »Nehmen Sie ihr die Tasche ab, und halten Sie Mrs. Frost im Raum fest – sonst werden Sie es für alle Zeiten bedauern.«

Cramer machte keine langen Umschweife, und das gefiel mir an ihm. Er legte ihr die Hand auf die Schulter und brummte:

»Geben Sie mir die Tasche, und setzen Sie sich – das ist bestimmt nicht zuviel verlangt.«

Als er ihr die Tasche abnahm, sagte sie:

»Sie wollen mich also hier mit Gewalt zurückbehalten, wie?«

»Sie haben jedenfalls so lange zu warten, bis wir hier fertig sind.«

Sie ging zu ihrem Stuhl zurück und setzte sich. Glenna McNair streifte sie mit einem kurzen Seitenblick und schaute dann wieder auf Wolfe. Die beiden Männer würdigten sie keines Blickes.

Wolfe sagte gereizt: »Diese dauernden Unterbrechungen verzögern die Sache nur. Für Sie gibt es ohnehin keine Hilfe mehr, Mrs. Frost.« Er wandte sich wieder an unsere Klientin und fuhr fort: »Im Jahr 1916 ist Mrs. Frost mit ihrer kleinen Tochter nach Spanien gefahren. Dort ist Helen im nächsten Jahr gestorben, und damit ist das Vermögen nach Edwin Frosts Testament auf Dudley und Llewellyn Frost übergegangen. Das hat Mrs. Frost natürlich ganz und gar nicht gefallen, und sie hat sogleich einen raffinierten Plan geschmiedet, bei dessen Durchführung ihr die damaligen Wirren des Krieges in Europa zu

Hilfe kamen. Ihr alter Freund Boyd McNair hatte eine kleine Tochter, die nur einen Monat älter war als Helen. Seine Frau war gestorben, und er hatte keinerlei finanzielle Mittel. Mrs. Frost erklärte ihm, daß dieses Kind bei ihr entschieden besser aufgehoben sei, und so konnte sie ihn überreden, ihr das Kind zu verkaufen. Zur Zeit laufen Ermittlungen beim Standesamt von Cartagena, und die entsprechenden Todesurkunden werden den Fall einwandfrei klären. Mrs. Frost fuhr dann über Ägypten in den Fernen Osten und kam erst hierher, als Sie neun Jahre alt waren. Und nun zu Ihnen, Mrs. Frost. Ich möchte Ihnen die Schwierigkeiten vor Augen führen, denen Ihr Plan von Anfang an ausgesetzt war. Zunächst handelt es sich um Ihren Freund Perren Gebert, der bei der Durchführung Ihres Planes zugegen war und dessen Schweigen Sie erkaufen mußten. Auf seine Verschwiegenheit konnten Sie sich verlassen. Die erste Gewitterwolke trat auf, als Boyd McNair vor etwa zehn Jahren in diese Stadt kam. Er hatte sich finanziell erholt und gründete hier ein Geschäft. Zweifellos drängte es ihn in die Nähe seiner Tochter. Vermutlich haben Sie sich um diese Zeit auf einer Reise nach Europa gewisse Chemikalien besorgt, von denen Sie annahmen, daß Sie sie eines Tages gut gebrauchen könnten.«

Mrs. Frost saß regungslos in kerzengerader Haltung auf ihrem Stuhl und schaute Wolfe unverwandt an.

»Und dieses Ereignis trat dann auch ein«, fuhr Wolfe fort. »Mr. Gebert hatte den Entschluß gefaßt, die Erbin noch vor dem Tage ihrer Volljährigkeit zu heiraten, und er verließ sich dabei auf Ihren Einfluß. Hinzu kam, daß Mr. McNair von schweren Gewissensbissen gequält wurde und den damaligen Handel rückgängig machen wollte. Augenscheinlich ging es ihm gegen den Strich, daß Perren Gebert seine Tochter heiraten sollte. Somit standen Sie plötzlich vor der Tatsache, daß Mr. Gebert das Mädchen zur Frau und McNair sie zur Tochter haben wollte. Natürlich mußten Sie McNair zuerst aus dem Weg räumen, denn wenn Sie mit Gebert begonnen hätten, dann hätte McNair zweifellos Verdacht geschöpft. Ihr erster Versuch bestand in den vergifteten Pralinen. Dabei verließen Sie sich auf seine Ihnen bekannte Vorliebe für Jordanmandeln. Dieser Versuch mißlang und kostete einem jungen, unschuldigen Mädchen das Leben. McNair erkannte natürlich sofort, was gespielt wurde. Dann ... aber Miß McNair! Ich bitte Sie ...«

Glenna McNair war aufgesprungen und wandte sich an die Frau, in der sie seit so vielen Jahren ihre Mutter gesehen hatte. Sie schob Inspektor Cramer, als er sich einschalten wollte, zur Seite und sagte dann mit halberstickter Stimme zu Mrs. Frost:

»Er war mein Vater, und du hast ihn umgebracht. Du hast meinen Vater umgebracht! Du ... du ...«

Llewellyn schaltete sich ein:

»Großer Gott – Sie hätten sie nicht herkommen lassen dürfen. Ich werde sie nach Hause bringen ...«

»Sie ist nicht in diesem Land zu Hause, sondern in Schottland. Bitte, Miß McNair, setzen Sie sich wieder, und lassen Sie uns diese Sache um Ihres Vaters willen bis zum Schluß durchführen.«

Willenlos ließ sie sich von Lew zu ihrem Stuhl zurückführen und setzte sich.

Wolfe wandte sich wieder an Mrs. Frost.

»Nachdem Sie Mr. McNair beseitigt hatten, rechneten Sie vielleicht damit, daß Sie nun keine Schwierigkeiten mehr hätten. Das war natürlich ein verhängnisvoller Irrtum, denn Gebert sah sofort, was gespielt wurde – und er übte einen noch stärkeren Druck auf Sie aus als zuvor. Damit sahen Sie sich vor die Tatsache gestellt, daß Sie auch ihn beseitigen mußten, und ich habe Ihnen noch gar nicht zu der von Ihnen angewandten Technik gratuliert...«

»Bitte«, rief Mrs. Frost. »Muß ich mir das alles anhören?« Sie wandte den Kopf und schaute Cramer an. »Sie sind doch Polizeiinspektor. Hören Sie, was dieser Mann da zu mir sagt? Sind Sie verantwortlich dafür? Liegt irgendeine Anklage gegen mich vor?«

Cramer antwortete mit Amtsstimme:

»Die Anklagen werden zur rechten Zeit erhoben werden. Im Augenblick möchte ich mir erst einmal die vorliegenden Beweise ein wenig näher ansehen. Immerhin muß ich Sie ganz formell warnen, daß jedes Wort Ihrer Aussage gegen Sie verwendet werden kann.«

»Ich habe keineswegs die Absicht, etwas auszusagen.« Sie nagte an ihrer Unterlippe – aber ihre Stimme behielt den ruhigen Klang bei. »Es gibt ja gar nichts zu sagen. Ich ...« Sie brach ab und schaute wieder zu Wolfe hinüber. »Habe ich nicht auch das Recht, das Beweismaterial zu sehen – falls überhaupt welches vorhanden ist?«

Wolfe kniff die Augen zusammen.

»Sie haben vorhin von einem Anwalt gesprochen, und ich kenne die legalen Maßnahmen der Anwälte.« Er schob ihr die rote Schatulle zu. »Bitte sehr ...«

Cramer war mit einem Sprung am Schreibtisch und rief:

»Das geht zu weit! Ich verlange sofort die Schatulle!«

Ich lief um meinen Schreibtisch herum und nahm Wolfe die Schatulle aus der Hand. Cramer knurrte mich an.

»Die Schatulle ist mein Eigentum«, erklärte Wolfe. »Ich bin für ihren Inhalt verantwortlich, und ich wüßte nicht, warum Mrs. Frost sich diesen Inhalt nicht ansehen sollte. Geben Sie ihr die Schatulle, Archie; sie ist unverschlossen.«

Ich drückte ihr die Schatulle in die Hand und blieb neben ihr stehen. Alle Augen waren auf Mrs. Frost gerichtet. Sie legte die Schatulle in den Schoß und öffnete den Deckel ein wenig. Außer ihr konnte niemand hineinsehen. Sie schob die linke Hand hinein, und ich sah, daß sie wieder an ihrer Unterlippe nagte.

Wolfe beugte sich vor und sagte:

»Sie brauchen nicht zu befürchten, daß es sich um einen Trick handelt, Mrs. Frost. Der Inhalt der Schatulle ist nicht gefälscht, sondern vollkommen echt. Sie wissen genausogut wie ich, daß alles, was ich bisher gesagt habe, der Wahrheit entspricht. Es steht einwandfrei fest, daß Sie das Frost-Vermögen verloren haben, denn das geht natürlich an Ihren Schwager und an Ihren Neffen über. Ich kann nicht mit Sicherheit sagen, ob Sie wegen der drei Morde verurteilt werden, denn das ... Archie!«

Sie tat es blitzschnell. Ihre rechte Hand fuhr in die Schatulle und ihrem Gesicht war nichts von der verzweifelten Tat anzusehen, die sie jetzt beging. Ihre Hand brachte eine Flasche aus der Schatulle hervor; mit einer schnellen Bewegung führte sie sie an den Mund und trank den Inhalt auf einen Zug aus.

Cramer sprang auf sie zu und rief:

»Stebbins! Stebbins!«

Damit war erwiesen, daß Cramer ein typischer Polizeiinspektor war, denn diese rufen in einem Notfall stets nach ihren Untergebenen.

18

Inspektor Cramer sagte: »Ich möchte diese Aussage in Form eines unterschriebenen Protokolls.« Er kaute auf seiner Zigarre herum. »Das ist doch wirklich das Tollste, was ich je gehört habe. Wollen Sie im Ernst behaupten, daß Sie keine weiteren Beweise hatten?«

Es war fünf Minuten nach sechs, und Wolfe war gerade vom Dachgarten heruntergekommen. Obwohl der Raum zwei Stunden hindurch gelüftet worden war, hing noch immer der Geruch von Blausäure in der Luft.

Wolfe schenkte sich ein Glas Bier ein.

»Ja, das war alles, Sir. Was das unterschriebene Protokoll betrifft, so weigere ich mich ganz entschieden!« Er trank das Glas aus. »Gott allein weiß, wo McNair seine verwünschte Schatulle verborgen hat – und wenn sie nicht gefunden werden konnte, dann entfielen damit alle Beweise gegen Mrs. Frost. Ich habe Saul Panzer zu einem Handwerker geschickt und die betreffende Schatulle anfertigen lassen. Dabei habe ich mich natürlich auf den psychologischen Effekt verlassen, der auf Mrs. Frost ausgeübt wurde.«

»Jaja, Ihre Kalkulationen sind noch immer aufgegangen.« Cramer kaute wieder auf seiner Zigarre. »Sie haben sehr viel riskiert, ohne mich ins Vertrauen zu ziehen – aber ich muß trotzdem zugeben, daß es ein ganz ausgezeichneter Trick gewesen ist. Ich bin zwar zugegen gewesen, als es geschah, aber ich kann es mir selbst als Inspektor nicht leisten, die Sache in dieser Form in die Akten zu bringen.«

»Das liegt ganz und gar bei Ihnen«, erwiderte Wolfe. »Es war natürlich bedauerlich, daß die Sache so ausgehen mußte. Mir blieb aber keine andere Wahl, als echtes Gift in die Flasche zu gießen, denn der Geruch hätte sonst alles verraten. Auch das war ein psychologischer Effekt . . .«

Wolfe deutete mit dem Zeigefinger auf ihn. »Sie wollten doch, daß dieser Fall gelöst und der Schuldige bestraft wird, nicht wahr? Nun, der Fall ist gelöst.«

»Wo haben Sie das Gift eigentlich her?«

»In der Tat.« Wolfe kniff die Augen zusammen. »Wollen Sie mir diese Frage wirklich stellen?«

Cramer fühlte sich nicht wohl in seiner Haut, aber er erwiderte:

»Ja.«

»Also gut, Sir! Es ist mir natürlich bekannt, daß das Gesetz den Verkauf dieses Giftes verbietet. Einer meiner Freunde, ein Chemiker, hat es mir verschafft. Wenn Sie versuchen sollten, diesen Freund zu ermitteln, dann werde ich dieses Land verlassen und nach Ägypten ziehen, wo ich ein Haus habe. In dem Falle können Sie zusehen, wer Ihnen die Mordfälle löst!«

Cramer nahm die Zigarre aus dem Mund, schaute Wolfe an und schüttelte langsam den Kopf. Dann sagte er:

»Nein, ich werde Ihrem Freund nicht nachspionieren. Ich möchte nur wissen, was die Polizei einmal anfangen soll, wenn Sie gestorben sind!« Er fuhr hastig fort: »Nun nehmen Sie mir das nicht gleich übel, denn ich möchte Sie noch um einen Gefallen bitten. Sie wissen doch, daß wir im Präsidium allerlei Mordwerkzeuge und Requisiten aus Mordfällen aufbewahren. Möchten Sie mir Ihre Schatulle nicht für diese Sammlung vermachen? Sie brauchen sie doch ohnehin nicht mehr.«

»Das kann ich nicht sagen.« Wolfe schenkte sich ein Glas Bier ein. »Da müssen Sie Mr. Goodwin fragen, denn ich habe ihm die Schatulle geschenkt.«

Cramer wandte sich an mich.

»Wie steht es denn damit, Goodwin? Einverstanden?«

»Nein.« Ich grinste. »Ich bedauere, Inspektor, aber ich brauche die Schatulle für meine Briefmarken.«

Die Schatulle steht noch immer auf meinem Schreibtisch – aber der Inspektor bekam seine rote Schatulle doch noch, denn das Original wurde zwei Wochen später auf dem Familiensitz der McNairs in Schottland gefunden. Sie enthielt genügend Beweise, um Calida Frost für jeden einzelnen der drei von ihr begangenen Morde auf den elektrischen Stuhl zu bringen – aber zu dieser Zeit war sie längst begraben.

19

Wolfe schaute stirnrunzelnd von Llewellyn Frost zu seinem Vater hinüber.

»Wo ist sie?« fragte er.

Es war Montag mittag, und die Frosts hatten am Morgen um diese Unterredung nachgesucht. Lew saß auf dem Besucherstuhl, während sein Vater die Flasche Old Corcoran neben seinem Ellbogen zu stehen hatte.

»Sie ist in Glennanne«, erwiderte Lew. »Sie – sie möchte von den Frosts nichts mehr wissen. Ich weiß, daß sie eine schwere Zeit durchmachen muß – aber schließlich kann sie doch dieses Einsiedlerleben nicht für alle Zeiten führen. Wir möchten Sie bitten, hinauszufahren und mit ihr zu reden. Sie können es in zwei Stunden bequem schaffen.«

»Mr. Frost.« Wolfe drohte ihm mit dem Zeigefinger. »Es ist unverzeihlich von Ihnen, mir eine Fahrt von zwei Stunden zuzumuten. Anscheinend ist Ihnen der Erfolg in den Kopf gestiegen, den Sie vor einer Woche mit dem idiotischen Brief hatten. Ich kann mir recht gut vorstellen, daß Miß McNair nichts von der Frost-Familie wissen will. Jedenfalls haben Sie zwei Vorteile aufzuweisen, wenn Sie sie wiedersehen sollten: Sie sind nicht ihr Vetter, und außerdem haben Sie jetzt einen Besitz von mindestens einer Million Dollar. Die genaue Summe kann Ihnen wohl Ihr Vater nennen.«

Dudley Frost stellte das Whiskyglas ab und trank etwa zehn Tropfen Wasser, dabei ging er außerordentlich vorsichtig vor, als fürchte er, daß ihm eine größere Menge gefährlich werden könnte.

»Ich habe es ihm bereits gesagt«, krächzte er. »Diese Frau, meine Schwägerin, ist mir seit annähernd zwanzig Jahren auf die Nerven gefallen – na, das ist ja nun vorüber. In mancher Beziehung war sie doch ein rechter Dummkopf. Ich habe das Vermögen bereits im Jahre 1918 einem Anwalt namens Cabot zur Verwaltung übergeben, und in seinem letzten Bericht hat er mir mitgeteilt, daß es sich inzwischen um zweiundzwanzig Prozent erhöht hat. Somit bekommt mein Sohn seine Million und ich ebenfalls. Ich bin heute in der Absicht zu Ihnen gekommen, die Zahlung Ihres Honorars zu übernehmen, denn ...«

»Mr. Frost! Bitte! Miß McNair ist meine Klientin ...«

Aber Dudley Frost war nicht aufzuhalten.

»Unsinn! Ich habe doch von Anfang an die Absicht vertreten, daß mein Sohn Ihr Honorar zahlen soll. Helen – oder Glenna hat doch nichts, und ...«

»Mr. Frost! Mr. McNair hat seiner Schwester genaue Instruktionen über die Verteilung seines Vermögens hinterlassen. Zweifellos ...«

»McNair – dieser Dummkopf? Warum sollte sie denn von dem Geld annehmen? Weil Sie sagen, er wäre ihr Vater gewesen? Das mag schon sein, obgleich ich so meine geheimen Zweifel darüber habe. Wenn sie meinen Sohn heiratet, was ich übrigens aus ganzem Herzen hoffe, dann bekommt sie natürlich eine Million. Ich möchte nichts mehr davon hören, daß Helen Ihre Klientin ist. Sie können mir Ihre Rechnung schicken, und wenn sie nicht zu unverschämt ist, dann werde ich dafür sorgen, daß sie bezahlt wird. Nein. Sie brauchen nicht zu widersprechen, denn im Grunde genommen verdanke ich das Vermögen doch nur der Tatsache, daß ich damals den richtigen Schachzug unternahm, als ich die Verwaltung des Vermögens an Anwalt Cabot übergab ...«

Ich klappte mein Notizbuch zu, warf es auf den Schreibtisch, schloß die Augen und versuchte, mich ein wenig zu entspannen. In diesem Falle war es tatsächlich so, wie ich es zuvor schon einmal gesagt hatte: wir bekamen einen verdammten Klienten nach dem anderen.

HEYNE KRIMI

Eine Auswahl spannender Kriminalromane.

1806 Rex Stout
Mord im Waldorf Astoria

1808 Ellery Queen's
Kriminal Magazin 65

1809 Thomas Chastain
Die entführte Leiche

1811 Carter Brown
Al Wheeler und die flotte Biene

1812 Charles Williams
Heiß weht der Wind von Yukatan

1814 Alfred Hitchcock
Vorsicht Hochspannung

1816 Mickey Spillane
Comeback eines Mörders

1817 John D. MacDonald
Alptraum in Rosarot

1820 Ellery Queen's
Kriminal Magazin 66

1821 Hugh Pentecost
Der lebende Leichnam

1824 Carter Brown
Donavan und das süße Leben

1825 Alfred Hitchcock
Mörderisches Bettgeflüster

1828 Donald E. Westlake
Jeder hat so seine Fehler

1829 William P. McGivern
Blonde Mädchen sterben früher

1832 Ellery Queen's
Kriminal Magazin 67

1833 Rex Stout
Die rote Schatulle

1836 Carter Brown
Al Wheeler und das Callgirl

1837 Alfred Hitchcock
Geschichten, bei denen es sogar mir graust

1840 Charles Williams
Tödliche Flaute

1841 Richard Sale
...und drückte sanft zwei Augen zu

1842 Jessica Mann
Die achte Todsünde

1844 Ellery Queen's
Kriminal Magazin 68

1845 Mickey Spillane
Das Wespennest

1846 William P. McGivern
Der falsche Weg

1848 Alfred Hitchcock
11 Cocktails aus meiner Bar

1849 Carter Brown
Al Wheeler und die geborene Verliererin

1850 Mildred Davis
Die unsichtbare Grenze

Wilhelm Heyne Verlag München